Ein Darkover-Roman

»Weit entfernt in der Galaxis
ungefähr 4000 Jahre in der Zukunft
gibt es einen Planeten
mit einer großen roten Sonne
und vier Monden.
Willst Du nicht mitkommen
und ihn mit mir erforschen?«

Marion Zimmer Bradley

Von der Autorin sind außerdem erschienen:

Excalibur – Das Schwert von Avalon
Jenseits von Avalon

Eine Komplettübersicht
aller Darkover-Romane finden Sie am Ende dieses Buches!

Über die Autorin:

Marion Zimmer Bradley, 1930 in den USA geboren, publizierte anfangs vor allem in Zeitschriften und Anthologien. Der Durchbruch gelang ihr 1962 mit *The Planet Savers – Retter des Planeten*. Mit dieser Geschichte war der Grundstein für die Romane um den Planeten *Darkover* gelegt, die innerhalb weniger Jahre zu einem der beliebtesten Fantasy-Zyklen einer riesigen Fangemeinde avancieren sollten. Seit 1962 hat Marion Zimmer Bradley über zwanzig *Darkover*-Romane und unzählige Kurzgeschichten geschrieben sowie eine Reihe Anthologien herausgegeben. 1983 wurde Marion Zimmer Bradley mit ihrem Roman *Die Nebel von Avalon* schließlich weltberühmt.
Sie starb im September 1999 in ihrer Heimatstadt Berkeley, Kalifornien.

Marion Zimmer Bradley

Die andere Seite des Spiegels

Ein Darkover-Lesebuch

Aus dem Amerikanischen von
Ronald M. Hahn

Knaur

Die amerikanische Originalausgabe erschien 1987 unter dem Titel
The Other Side of the Mirror bei DAW Books, New York.

Der Verlag dankt Olaf Keith für die Unterstützung
bei der Vorbereitung dieses Buchs.

Besuchen Sie uns im Internet:
www.knaur.de

Vollständige Taschenbuchausgabe 2002
Droemersche Verlagsanstalt Th. Knaur Nachf., München
Copyright © 1987 by Marion Zimmer Bradley
Copyright © 2002 der deutschsprachigen Ausgabe bei
Droemersche Verlagsanstalt Th. Knaur Nachf., München
Alle Rechte vorbehalten. Das Werk darf – auch teilweise –
nur mit Genehmigung des Verlages wiedergegeben werden.
Umschlaggestaltung: ZERO Werbeagentur, München
Umschlagabbildung: Agentur Schlück, Garbsen
Satz: Ventura Publisher im Verlag
Druck und Bindung: Nørhaven Paperback A/S
Printed in Denmark
ISBN 3-426-60975-4

2   4   5   3   1

Inhalt

Für Eileen und Linda,
die Musen zahlreicher Talente

Einleitung

Etwa seit der Veröffentlichung des zweiten oder dritten Darkover-Romans wollten andere Autoren – in der Regel junge Menschen – aus den verschiedensten Gründen ebenfalls über Darkover schreiben. Ich war und bin über ihre Reaktion nachhaltig verblüfft. Zwar bin ich eine große Liebhaberin der Werke J. R. R. Tolkiens, aber ich habe nur einmal das Verlangen verspürt, eine Geschichte zu schreiben, die auf seiner Mittelerde spielt, und obwohl ich *Star-Trek*-Fan bin, habe ich es dennoch unterlassen, dem umfangreichen apokryphen Wissen rund um das Raumschiff *Enterprise* etwas hinzuzufügen.

Andererseits würde ich keinesfalls so weit gehen wie ein Anhänger der Darkover-Geschichten, der bekannt hat, er könne sich niemals überwinden, auch nur ein Wort über den Planeten zu lesen, das nicht aus meiner Feder stammt. Seiner Ansicht nach haben die Erzählungen von anderen Autoren einen »Makel« und schädigen die reine Vision Darkovers.

Ich persönlich war stets der Meinung, dass es meine Sicht auf Darkover klärt, wenn ich den Planeten durch die Augen anderer betrachte. In dieser Hinsicht nimmt die Erzählung »Die andere Seite des Spiegels« von Patricia Floss einen ganz besonderen Stellenwert ein. Ich weiß noch, dass ich Patty als dunkeläugiges weibliches Irrlicht im scharlachroten Schleierkostüm einer Bewahrerin auf einer der ersten Darkover-Treffen begegnete. Als ich ihre Geschichte eines Tages mit der Post erhielt, war sie jedoch nicht nur zu lang für die Darkover-Anthologie, die ich damals plante, sondern auch für unser Kurzgeschichten-Magazin *Starstone*.

Während dieser Zeit hatte ich gerade *Sharras Exil* in Angriff genommen und war zu dem Schluss gelangt, dass die in Pats Story geschilderten Ereignisse logischer waren als jene, die ich mir bis dahin für das Geschehen »zwischen den Zeilen«

vorgestellt hatte. Ich beschloss, Pats Version fortan als »offizielle« Fassung der Ereignisse auf Darkover zwischen dem Ende von *Hasturs Erbe* und dem Anfang von *Sharras Exil* zu betrachten.

Da ich jedoch nicht über die Logistik- und Vertriebsmöglichkeiten meines damaligen Verlegers verfügte, gab es keine Möglichkeit, »Die andere Seite des Spiegels« einem Publikum vorzustellen. Die einzige Möglichkeit hätte darin bestanden, sie in einer jener Anthologien abzudrucken, die Darkover-Kurzgeschichten enthalten – etwa in *Der Preis des Bewahrers* oder *Schwert des Chaos* –, doch Pats ausgezeichnete Erzählung umfasste knapp 30 000 Wörter. Niemand stellt einem Einzeltext, ungeachtet der Qualität, fast ein Drittel des Umfangs eines Buches zur Verfügung. So musste ich die Geschichte bedauerlicherweise für mein Projekt ablehnen.

Als die guten Verkaufszahlen der beiden ersten Anthologien mir ermöglichten, mit meinem Verleger über eine dritte zu sprechen, konzipierte ich einen Band mit weniger, doch längeren Erzählungen. Außerdem hatte ich inzwischen, ohne große Hoffnung, sie je veröffentlichen zu können, die ebenso gut geschriebene unterhaltsame Erzählung »Die Hetzjagd« von Paula Crunk und Linda Frankel erhalten. So entstand die Idee, aus drei Erzählungen eine Anthologie zusammenzustellen. Dazu wollte ich selbst einen Kurzroman beitragen, der für eine eigenständige Veröffentlichung zu kurz, für dieses Projekt jedoch wie geschaffen war. Er behandelt eine Episode aus *Die Amazonen von Darkover*, die nicht wenige Fans der Freien Amazonen mich zu schreiben drängten. Ich hatte zunächst den Eindruck, diese Episode sei nicht wichtig genug, um zu einem eigenständigen Roman ausgearbeitet zu werden, aber möglicherweise auch zu stark, um eine Nebenhandlung in einem umfangreicheren Werk wie *Herrin der Stürme* abzugeben.

Da kam mir in den Sinn, er könne vielleicht in einen Band mit Erzählungen passen, die sich eher am Rande des Haupthandlungsstranges bewegten. Die erste Geschichte, »Der Brautpreis«, war eine Übungsskizze, die meiner Ansicht nach etwas Licht auf die Charaktere Rohana und *Dom* Gabriel Ardais sowie die eigenartige Natur ihrer Ehe warf – in Anlehnung an das Tolstoi-Epigramm, das dem berühmten Roman *Anna Karenina* vorausgeht. (»Glückliche Familien sind alle gleich, aber jede unglückliche Familie ist auf ihre eigene Art unglücklich.«)

Die andere Erzählung, »Eidbrecher«, handelt von dem Rätsel, das Dyan Ardais umgibt – einen der wenigen Schurken, die ich je erschaffen habe. Er wurde auf der Stelle zu einer derart beliebten Figur, dass sich eine große Anzahl von Fans und Lesern genötigt fühlte, eigene Geschichten über seine Liebesaffären mit Frauen zu schreiben ... Ich nehme an, ungefähr so, wie *Star-Trek*-Fans sich bemüßigt fühlen, den keuschen Mr. Spock in quälende amouröse Abenteuer mit jedermann außer Darth Vader zu stürzen. Obwohl ich es vorziehe, Dyans Liebesleben in schicklicher Dunkelheit zu belassen (ich vermute nämlich, dass es äußerst unerquicklich wäre, es eingehender zu erforschen), hatte ich eigentlich nichts dagegen, endlich ans Tageslicht zu bringen, warum ein Telepath seines Kalibers aus einem Turm verbannt worden war. Diese Geschichte war das Ergebnis, und sie schien mir zu dem kurzen Porträt Kyril Ardais' in »Nur keine Freiheit« zu passen.

Der vorliegende Band richtet sich also an all jene Darkover-Fans, die mehr über das Privatleben ihrer Lieblingsfiguren wissen wollen.

Ich wünsche allen Lesern spannende Unterhaltung.

Marion Zimmer Bradley

Die andere Seite des Spiegels

von Patricia Floss

Marius Lanart stand am Rande der Felswand und fragte sich, ob es nicht das Beste wäre, in die Tiefe zu springen. Auf diese Weise konnte er sich eine Menge Elend ersparen. Seinen Tod bedauerte bestimmt niemand. Wäre er zwölf statt fast fünfzehn Jahre alt gewesen, hätte er jetzt geweint.

Er schaute auf die blauen Steintürme von Burg Comyn hinab und wünschte sich, dass sie einstürzten und zu Staub zerfielen. Seine Verzweiflung wich nach und nach einer unbändigen, heftigen Wut, wie er sie noch nie zuvor empfunden hatte.

Er ballte die Fäuste und dachte an die Ereignisse des Tages zurück. Andres, der ehemalige terranische Raumfahrer – sein Vater hatte ihn vor über fünfzehn Jahren zum Hauptverwalter von Armida ernannt –, hatte ihn am vergangenen Abend nach Burg Comyn gebracht. Am Nachmittag hatte Lerrys Ridenow sie zu einer Audienz bei Fürst Hastur begleitet und Marius' Recht verteidigt, sich als Sohn eines Comyn-Fürsten zur Elite der Comyn-Kadetten zu gesellen.

Dyan Ardais, der Kommandant der Garde, hatte Marius keines Blickes gewürdigt, sondern nur mit gelangweilter Stimme gesagt, Kennard Altons »zweiter Bastard« habe längst bewiesen, wie unzureichend das terranische Blut seiner Mutter war.

Gabriel Lanart-Hastur, sowohl Marius' Verwandter als auch Kadettenmeister, hatte sich gönnerhaft für ihn eingesetzt: »Marius sieht mit seinem dunklen Haar und den dunklen Augen noch terranischer aus als Lew. Außerdem verübeln manche Leute Lew die Sharra-Rebellion noch immer. Es wäre grausam, Marius dem Spott und dem Hass auszusetzen, die allein seine Anwesenheit unter den unwissenden Jungen hervorriefe, da sie die Vorurteile ihrer Eltern übernehmen. Ich werde ihn persönlich im Fechten und in den Kampftechniken unterrichten – jedoch nicht zusammen mit den Kadetten.«

Dann hatte Fürst Hastur die Diskussion auf die für ihn typische Weise beendet. Der alte Mann hatte seine gebrechliche Hand erhoben, um Ruhe gebeten und sich gelassen an Marius gewandt: »Wir haben nichts gegen dich persönlich, mein Junge. Das musst du verstehen. Aber der Rat hat vor langer Zeit bestimmt, dass weder du noch dein Bruder die Privilegien der Comyn beanspruchen könnt. Wir haben Lew damals nur Vorrechte zugestanden, weil er das einzige Kind deines Vaters war und die Domäne einen Erben brauchte. Aber seit dein Vater und Lew unsere Welt verlassen haben, hat es viel böses Blut gegeben ... Du kannst mir ruhig glauben, wenn ich sage, dass es mir andersherum lieber wäre, aber ich kann dir momentan nicht gestatten, den Kadetten beizutreten.«

Marius wünschte sich mehr als alles andere, sein Vater und sein Bruder wären nicht fortgegangen. *Warum sind sie nicht zurückgekehrt?*, fragte er sich vielleicht zum hundertsten Mal. *Ich weiß zwar, dass Lew sehr krank war und Vater hoffte, die Terraner könnten ihm helfen, aber sie sind nun seit Jahren fort. Macht Vater sich solche Sorgen um Lew, dass er mich völlig vergessen hat? Selbst wenn es ihm inzwischen nicht besser geht, hätte Vater mich doch mal besuchen können ... Dann wäre er wieder der Kommandant und könnte Dyan nach Ardais zurückschicken, und Hastur würde es nicht wagen, mir einen Platz bei den Kadetten zu versagen. Dann würde ich es allen zeigen!*

Er ließ sich von seinen Phantasien emportragen, doch nur für eine Weile. *Nein. Wen will ich eigentlich hinters Licht führen? Es ist zu lange her. Vater und Lew werden nie wieder* nach Hause kommen. *Sie wollen mich ebenso wenig wie die Comyn. Wie ich sie hasse! Gabriel Lanart-Hastur, den schmierigen Päderasten Dyan und den ganzen Rest der Comyn-Fürsten! Wenn ich doch nur diesen Misthaufen, den sie Burg nennen, über ihren Köpfen einstürzen lassen könnte ... Als Erstes würde ich den alten hochheiligen Hastur von der Brustwehr werfen ... Ich schwöre bei Aldones, ich würde sie alle dafür büßen lassen, dass sie mich ausgrenzen!*

Der Wind war nun richtig kalt, denn der Himmel hatte sich verdunkelt. Marius umklammerte seine Knie und starrte die Burg hasserfüllt an. *Irgendwie lasse ich sie dafür bluten!*

In der Ferne ertönte eine Männerstimme.

»Marius!«

Wahrscheinlich war es Andres, der ihn suchte. Marius wollte zwar nicht zur Burg zurück, aber er wollte auch nicht fortlaufen und sich verstecken wie ein Kind, das sich vor einem Rüffel fürchtet. Sosehr er die Indifferenz und kalten Blicke der Comyn-Fürsten auch hasste, er wusste, dass er die Angelegenheit nur klären konnte, indem er sich ihnen stellte. *Vater und Lew sind fortgegangen, doch ich bleibe hier. Ich bin der letzte Alton, und ich werde nicht auf mein Erbe verzichten.*

Er stand auf. Das matte Leuchten der Fackel wurde heller und ließ ihn die Gestalt eines Mannes und seines Pferdes erkennen, der unter ihm auf dem Weg entlangritt. Der Mann stieg ab, band das Pferd an und schickte sich an den Hügel zu erklimmen. Es war Andres Ramirez. Er hatte eine finstere Miene aufgesetzt.

Marius lächelte. Hinter der für ihn so typischen Grimasse verbarg sich der Mann, der ihm ein zweiter Vater gewesen war.

»Bist du in Ordnung?«, knurrte Andres. Er musterte Marius' zerrissenen Ärmel und sein schmutziges Gesicht. »Du bist aus der Burg gerannt wie ein Rabbithorn bei einem Waldbrand.«

»Woher hast du gewusst, wo ich bin?«

»Auch Lew ist früher oft hierher gekommen. Im ersten Sommer bei den Kadetten, als die Comyn-Bälger und Fürst Dyan ihm das Leben zur Hölle gemacht haben. Er hat nie gewollt, dass ihn jemand weinen sieht.«

Als sie die Burg erreicht hatten, waren drei der vier Monde Darkovers aufgegangen. Sie näherten sich dem Quartier der Altons und Marius unterdrückte ein Gähnen. Er sehnte sich nach einer warmen Mahlzeit und einem ausgedehnten Schlaf. Falls er nach Hasturs freundlicher Zurückweisung, die noch immer in seinen Ohren brannte, überhaupt schlafen *konnte*!

Im Hauptsaal der Zimmerflucht nahmen ihm Diener seinen nassen Umhang und die Stiefel ab. Ein riesiges Feuer verbreitete eine angenehme Wärme, und Marius spürte, dass sich seine Muskeln entspannten. Während des Abendessens fiel ihm auf, dass alle sehr bemüht um ihn waren. Andres hatte noch kein Wort des Tadels über seine Flucht am heutigen Nachmittag verloren. Selbst Bruna, die schroffe Alte, die immerzu die Küchenmägde tyrannisierte und sich stets mit Andres in der Wolle hatte, erkundigte sich, ob er einen zweiten Nachschlag haben wolle. Daraufhin wandte Marius sich an Andres und sagte: »Der Verurteilte isst immer gut, was?« Es war mehr oder weniger scherzhaft gemeint, aber der Angesprochene reagierte nicht darauf.

»Was ist los, Andres?« Marius ballte die Fäuste. »Hat der Alte noch etwas gesagt, als ich weg war?«

Andres seufzte schwer und musterte seine schwieligen Hände. Der Junge hatte ihn noch nie so ergrimmt gesehen.

»Schau mich an. Was ist passiert? Haben sie mich erneut aus dem Rat ausgeschlossen?«

»Ich fürchte, es ist noch schlimmer. Fürst Hastur hat entschieden, dich in die terranische Zone zu schicken.«

Einige Sekunden lang glaubte Marius, sich verhört zu haben. »Und was soll ich da?«, fauchte er.

»Es gibt dort eine Schule. Die terranische Regierung betreibt sie für die Kinder der in Thendara stationierten Terraner. Du sollst mit ihnen zusammen – von einem Privatlehrer im Hauptquartier – unterrichtet werden. Hastur sagt, dass du auch dort wohnen kannst, wenn du möchtest.«

Marius schüttelte den Kopf. Er fühlte sich wie betäubt. Wie konnte ihm das nur passieren? Hastur und seinen Marionetten reichte es wohl noch nicht, ihn zurückgewiesen zu haben. Sie warfen ihn auch noch weg, wie einen dreckigen Putzlappen. Er wandte sich ab, da er sich davor fürchtete, losweinen zu müssen, wenn er das Mitleid in Andres' Augen sah.

»Bist du sicher, dass Hastur es *befohlen* hat? Dass es nicht nur ein Vorschlag war? Ich weiß zwar, dass er Politik betreibt, aber mein Vater war sein stärkster Verbündeter und Freund. Wie kann er mir so etwas antun? Hält er mich für so wertlos, dass er mich zu den Terranern verbannt?« Seine Stimme zitterte. Er konnte nicht weitersprechen.

»Hastur hat es persönlich angeordnet. Ich habe ihm erklärt, dein Vater habe dich vor seiner Abreise meiner Obhut übergeben und ich würde diesem ... diesem Arrangement niemals zustimmen. Aber er hat mich daran erinnert, dass wir uns dem Willen des Rats zu beugen haben. Ha!« Andres schnaubte. »Ich glaube nicht, dass der Wille des Rats irgendwas damit zu tun hat. Du bringst Hastur in Verlegenheit. Er kann dir den dir rechtmäßig zustehenden Platz in den Reihen der Comyn nicht geben, also hat er beschlossen, dich in die terranische Kultur einzuführen, ob du es willst oder nicht. So bleibst du aus seinem Blickfeld und ...« Er hielt inne, da ihm auffiel, dass Marius ihm nicht richtig zuhörte. Der Junge saß still da, eine Faust leicht geballt. Seine finstere Miene war so düster und hoffnungslos wie die eines alten Mannes.

Andres fluchte, dann legte er eine Hand auf die Schulter seines Zöglings. »Hör zu, mein Sohn, so schlimm, wie es aussieht, ist es nun auch wieder nicht. Hastur hat nicht gesagt, dass du den Rest deines Lebens dort verbringen sollst, sondern nur einen Sommer. Außerdem sind die Terraner keine Ungeheuer. Ich bin selbst einer. Ich habe mein halbes Leben bei der Raummarine verbracht und bin dennoch vertrauenswürdig, oder etwa nicht? Marius, deine eigene Mutter wurde auf Terra geboren und ist dort aufgewachsen. Ich habe keinen besseren Menschen gekannt als sie. Möge Gott ihrer Seele Frieden schenken. Immerhin erhältst du so Gelegenheit, die andere Seite deiner Herkunft zu erforschen ... Du wirst alles über die Sterne erfahren, über Mathematik, die Wissenschaften ... Ich kenne einige Comyn-Fürstchen, die sich für eine solche Gelegenheit den Arm brechen lassen würden!«

Marius schaute zu den von der Decke herabhängenden Bannern der Altons hinauf. Doch er fand weder Hoffnung bei ihnen noch anderswo. »Ich kann Hastur nicht bekämpfen. Ich gehe in die terranische Zone und lerne alles, was man mir dort beibringen kann. Aber nachts schlafe ich hier – auch dann, wenn Hastur dich und das Personal wieder nach Armida zurückschickt.«

Seine Worte schienen Andres' Laune zu bessern. »Das ist der rechte Geist! Auch ich bleibe hier. Armida kommt bestimmt eine gewisse Zeit ohne mich aus.« Er erhob sich vom Tisch. »Hastur hat die nötigen Vorbereitungen schon getroffen. Ich soll dich morgen früh in die Zone begleiten.«

Marius kämpfte gegen die aufsteigende Panik an. »So bald?« Er lächelte verbittert. »Der Alte war sich meiner ja ziemlich sicher.« Insgeheim fügte er hinzu: *Hätte er aber nicht sein sollen. Er wird bestimmt irgendwann bedauern, was ich mit meiner terranischen Bildung dann alles anrichten kann.*

Jetzt gibt es noch einiges mehr, für das ich mich rächen muss – das Schlimmste überhaupt.

Später, nachdem das Personal sich zur Ruhe begeben hatte, saß Marius allein vor dem erloschenen Kamin. Er war zwar todmüde, aber er konnte nicht schlafen. Schließlich zündete er eine Kerze an, stellte sie auf den Tisch und kniete sich vor das Flämmchen.

Avarra, finstere Mutter der Geburt und des Todes, betete er stumm, *der Friede deines heilsamen Schlafes entzieht sich mir. Erhöre mich, damit jene, die mich ausgegrenzt haben, in dieser Nacht und allen, die noch folgen, nie wieder Frieden finden werden.*

Der nächste Tag begann schlecht. Das Mitleid in den Augen des Personals machte Marius schwer zu schaffen, außerdem rührte er sein Frühstück nicht an. Andres ging es nicht besser; er sah aus, als bereite er sich auf eine Beerdigung vor. Als es Zeit zum Gehen wurde, freute der Junge sich fast. Er legte seinen schönsten Umhang um, zog ein neues Paar Wildlederstiefel an und folgte Andres durch die Burg. Als sie an der Garnison vorbeikamen, hörte er das laute Klirren von Säbeln und raue Stimmen, die Befehle riefen.

Heute fängt die Kadettenausbildung an, dachte er. *Eigentlich müsste ich dabei sein.* Er knirschte mit den Zähnen und setzte eine unbeteiligte Miene auf. *Niemand darf wissen, wie ich empfinde, nicht mal Andres. Ich werde mich nicht zum Gegenstand des Mitleids anderer Menschen machen. Oder zum Mittelpunkt ihres Spotts.*

Als sie den Platz erreichten, der die Grenze zur Altstadt markierte, drehte er sich um. »Du kannst jetzt gehen, Andres«, sagte er. »Ich war schon mal in der Zone und kenne den Weg zum Hauptquartier.« Er deutete auf das gewaltige Gebäude, neben dem selbst Burg Comyn und die öden Anlagen des

Raumhafens wie Spielzeug wirkten. »Sie nennen es Wolkenkratzer, nicht wahr?«, fügte er hinzu. Er sprach das terranische Wort mit bewusster Leichtigkeit aus.

»Werd jetzt nicht frech, Marius«, knurrte Andres. »Ich bring dich bis ans Tor des Raumhafens. Die Terraner schicken jemanden, der dich dort in Empfang nimmt.«

»Ich bin doch kein hilfloses Lämmchen mehr«, entgegnete Marius wütend, als sie durch eine breite Straße gingen, in der es von Cafés, Bars und Souvenirläden wimmelte. »Sag mir nur, bei wem ich mich im Hauptquartier melden muss, dann finde ich ihn schon.«

»Hör mal«, erwiderte Andres etwas zu laut. »Nach darkovanischem Gesetz bist du zwar fast schon ein Mann, aber für die Terraner bist du noch minderjährig. Ein Kind. Bei deiner ersten Unterrichtsstunde wirst du dich freuen, wenn du jemanden findest, der dich herumführt. Das Hauptquartier ist wie ein riesiger Ameisenhügel, und die terranische Bürokratie ist noch schlimmer.«

Das Tor des Raumhafenkomplexes lag vor ihnen. Andres blieb plötzlich stehen und musterte das glänzende Gebäude, das wie ein kleiner Berg vor ihnen aufragte. Auch Marius begutachtete es und verspürte in dem plötzlichen Wunsch, seinem Ziehvater nahe zu sein, unwillkürlich die vertrauten Vibrationen einer telepathischen Verbindung. ... *hätte nie gedacht, dass ich Kennards Sohn eines Tages herbringen würde.* In Andres' Gedanken lag eine Bitterkeit, die seiner eigenen nahe kam.

Der Mann räusperte sich, und Marius spürte, dass die Verbindung zusammenbrach. »Hier verlasse ich dich, mein Junge ...« Andres deutete auf das Tor. »Viel Glück. Wir sehen uns heute Abend.« Er drehte sich um, doch Marius hatte bemerkt, dass seine Augen feucht geworden waren.

Marius, nun allein, ging weiter. Er empfand tatsächlich

Furcht. In einer bewussten Imitation Kennard Altons reckte er die Schultern, hob den Kopf und schritt stolz voran. Die stämmigen Posten in ihrer schwarzen Lederkleidung schauten hinter ihm her, als er an ihnen vorbeiging. Er bemühte sich, keine Miene zu verziehen, als er die Blaster sah, die sie trugen.

Ein schlanker Mann in einem glänzenden, silbernen Overall kam auf ihn zu. »Sind Sie Marius Alton?«, fragte er näselnd.

Blöder Terraner. Marius zuckte innerlich zusammen und erwiderte: »Ich heiße Marius Montray-Lanart.« Dass der Terraner sich ihm als Claude Sorrell vorstellte und angab, er sei in der Abteilung für Öffentlichkeitsarbeit tätig und solle ihn durchs Hauptquartier geleiten, nahm er kaum wahr. Es hatte etwas von einem grausamen Witz, Alton genannt zu werden – schließlich hatte der Rat der Comyn sich geweigert, den Söhnen Elaine Montrays diesen Namen zuzugestehen. *Aber natürlich kann man nicht erwarten, dass Terraner sich in solchen Feinheiten auskennen,* dachte er und radierte den Zwischenfall aus seinem Gedächtnis.

Die nächsten paar Stunden waren die verwirrendsten in seinem ganzen Leben. Sorrell führte ihn durch einen scheinbar endlosen Irrgarten greller Lichter und fensterloser Kabinen. Wieder und wieder beantwortete er impertinente Fragen, die auf immer gleichen Formularen standen, und unterzeichnete sie mit seinem Namen, bis er glaubte, ihm falle gleich die Hand ab. Er unterwarf sich der Demütigung, seinen Körper von einem großtuerischen terranischen Heiler untersuchen zu lassen, und wurde dafür mit einem weiteren Formular belohnt, das man dem Stapel hinzufügte, den Sorell für ihn trug. Nachdem seine Überprüfung beendet war, verstand Marius, was Andres mit seiner Bemerkung über die »Bürokratie« gemeint hatte. Die Wände schienen ihn zu erdrücken. Er wünschte sich verzweifelt, ins Freie rennen zu können, fort von all den Menschen, von denen die terranische Basis befallen war.

Sorrell nahm Marius mit in einen riesigen Raum, der ihn an den Gardesaal auf Burg Comyn erinnerte – nur wimmelte er von Menschen, die an runden Tresen speisten. Sie reihten sich in eine lange Schlange vor einer Maschine ein. Das Ding war doppelt so groß wie Marius. Die Skalen, Knöpfe und das pulsierende Summen des Apparates faszinierten ihn – bis Sorrell ihm ein Tablett und ein Besteck aushändigte.

»Sehen Sie die Bilder auf den Knöpfen?«, fragte der Terraner. »Wählen Sie einfach aus, was Sie essen wollen, und drücken Sie dann den entsprechenden Knopf.«

Marius wurde übel. *Ich soll etwas essen, das aus einer Maschine kommt? Kein Wunder, dass die Ridenow-Brüder sagen, die Terraner seien Barbaren!*

»Nein danke«, sagte er freundlich. »Ich habe keinen Hunger.«

Nachdem Sorrell mit seiner Mahlzeit fertig war, fuhren sie mit dem Aufzug ins akademische Platzierungsbüro im einunddreißigsten Stock. »Nun, Marius«, verkündete Sorell in jenem übertrieben jovialen Tonfall, den der Junge allmählich nicht mehr hören konnte. »Ihre Testergebnisse sind sehr gut. Ihre Kenntnisse der terranischen Standardsprache erfüllen nahezu die Norm. Ihr Wissen um die Grundlagen der Mathematik ist für einen Darkovaner ungewöhnlich, und Sie zeigen sogar eine Neigung für historische Analysen.«

Marius war nicht im Geringsten überrascht. Er und sein Bruder hatten die terranische Sprache bereits als kleine Kinder gelernt. Außerdem hatte ihr Vater schon früh darauf bestanden, dass Andres ihnen die Grundlagen der Mathematik beibrachte.

Sorell schnatterte weiter. »Sie werden in den Wissenschaften des Lebens, den Grundlagen der Algebra, der Geographie des Imperiums, Terranisch für Fortgeschrittene und natürlich in körperlicher Fitness unterrichtet. Zusätzlich wird sich an jedem zweiten Schultag ein Tutor um Sie kümmern. Jetzt holen wir die Schulbücher, die Sie für diese Fächer brauchen.«

Endlich ließen sie ihn gehen. Als Marius wieder im Freien war, hätte er vor Freude aufschreien können. Die Luft war schneidend kalt, die ersten Sterne leuchteten über ihm, und das rote Leuchten der untergehenden Sonne färbte die herannahenden Wolken violett. Er hatte fast vergessen, dass es Dinge wie Wind und Dunkelheit gab. Der unter den heißen, gleißenden Bogenlampen des Hauptquartiers verbrachte Tag war ihm endlos erschienen. Erleichtert eilte er durch die terranische Zone, da er nun wieder ausschreiten konnte. Die von Kerzen erhellten Fenster der Altstadt trieben ihn voran.

In den folgenden Tagen stellte Marius fest, dass das Leben in der terranischen Festung schwieriger war als erwartet. Einsamkeit war für ihn nichts Ungewohntes, denn die meisten Comyn hatten ihm seit seiner Geburt die kalte Schulter gezeigt oder waren ihm mit Verachtung begegnet; doch er hatte den größten Teil seines Lebens in Armida verbracht, dem Erbhof der Alton-Fürsten. Dort, in dem großen Haus und den Stallungen, in den Dörfern und Forststationen, hatte man ihn als Kennard Altons Sohn gekannt und geehrt.

Nun hatte man ihn gegen seinen Willen in eine fremde und furchteinflößende Welt gestoßen, in der er nicht nur einsam war, sondern auch ein Fremder. Sorrell und Andres hatten ihn zwar vor einem »Kulturschock« gewarnt, aber das uralte Klischee konnte seine Verwirrung kaum beschreiben. Hinter den Mauern des Hauptquartiers kam Marius sich wie ein Kind vor, das die Mechanismen des Lebens erst noch lernen muss.

Nach zehn Tagen, in denen er völlig auf sich gestellt war, gelang es ihm, die Aufzüge, Laufbänder, Lichtschalter, Monitore, Mikroskope und terranischen Toiletten zu bedienen. Er hatte geglaubt, die terranische Standardsprache fließend zu sprechen, dennoch ermüdeten ihn die praktische Anwendung und das Lesen mehr als erwartet. Die Gedanken, die diese Sprache transportierte, waren ihm oftmals völlig fremd und unverständlich. Außerdem irritierten ihn die Vorschriften, die das Leben der terranischen Schüler gängelten, immer wieder aufs Neue.

Mit jedem Tag, den er hinter irgendwelchen Mauern verbrachte, wurde seine Klaustrophobie schlimmer. Er hielt sich von seinen Mitschülern fern und konzentrierte sich auf das, was die Lehrer von ihm forderten. Der einzige Mensch, in dessen Gegenwart er sich wohl fühlte, war seine Tutorin, eine schlanke junge Frau, die perfekt *Cahuenga* sprach und darauf bestand, dass er sie mit ihrem Vornamen – Elena – ansprach. Marius fühlte sich zwar mehr als einmal verlockt, seine Bockigkeit aufzugeben und ihr einige seiner Probleme anzuvertrauen, aber er tat es nicht.

Das Schwierigste von allem war der tägliche Wechsel von einer Welt in die andere: Er verließ Burg Comyn, wenn die Sonne kaum aufgegangen war, saß während des ganzen Tages still in der terranischen Basis und kehrte mit den letzten Strahlen der Sonne zurück, bis dieser Tagesablauf zur quälenden Routine wurde. Wäre er Hasturs Vorschlägen jedoch gefolgt und hätte in einer der fensterlosen Kabinen in den Unterkünften des Hauptquartiers gewohnt, wäre er verrückt geworden. Wenn er den zur Burg hinaufführenden Hügel erklomm, war ihm, als kehre er aus dem Grauen des Exils nach Darkover zurück. Doch immer wenn er an der Garnison vorbeikam, vernahm er das Klirren der Kadettenschwerter, die ihn an alles erinnerten, was er verloren hatte.

Manchmal begegnete er den Kadetten, wenn sie dienstfrei hatten. Die meisten ignorierten ihn, reagierten spöttisch oder machten Bemerkungen, die einer Antwort nicht würdig waren. Felix Aillard, ein arroganter Knabe, der einen Kopf größer war als Marius, hielt ihn eines Abends an, packte seine Bücher und riss mehrere Seiten heraus. Marius hatte ihn daraufhin wütend mit einem Hieb auf den Solarplexus zu Boden geschlagen, den sein Sportlehrer ihm beigebracht hatte.

In der vertrauten Behaglichkeit des Alton-Quartiers wich er Andres' Fragen und bemühten Ratschlägen aus, doch unter der Maske seiner Gelassenheit schwelte eine schreckliche Wut, wie in Alars Schmiede.

Marius hatte fast zweimal zehn Tage in der terranischen Zone verbracht, als seine Lage sich zum Besseren wendete. Der terranische Sprachunterricht schien sich in einen unerträglichen Katalog grammatikalischer Details auszudehnen. Marius brauchte die knackenden Knöchel aus den Reihen hinter ihm gar nicht zu hören, um sicher zu sein, dass die anderen sich ebenso langweilten wie er. Im Grunde stand er diesen Unterricht nur deshalb durch, weil das Fenster neben seinem Sitzplatz den Blick auf den Raumhafen und die violett gesprenkelten Venza-Hügel hinter der Stadt freigab. Während Horton, der Lehrer, mit schwerfälliger Stimme vor sich hinleierte, suchte Marius Ablenkung in der perfekten Aussicht.

Aus den Augenwinkeln sah er, wie ein metallisch glänzender Fleck nach oben fuhr und sich einen Weg zum Himmel bahnte.

Wahrscheinlich eine ihrer kartographischen Expeditionen, die uns aus der Luft bespitzeln, dachte er. In einem Anfall von Groll wünschte er sich, dass die Maschine in der Luft wendete und auf dem Raumhafen zerschellte. Obwohl er wusste, dass sein Matrixstein nicht stark genug war, dies zu bewirken, konzentrierte er seine gesamte Geisteskraft auf das mentale Abbild eines in Flammen aufgehenden Raumhafens.

Ohne Vorwarnung wurde er unterbrochen. Eine Woge

mentalen Protests traf seinen Geist völlig unerwartet, so stark und laut, als hätte der Unbekannte dieses *NEIN!* direkt in sein Ohr geschrien. Eine wirre Abfolge von Bildern raste vor Marius' innerem Auge dahin. Bilder, die nicht aus seinem Geist stammten: eine Burgmauer, von goldenen Flammen umsäumt; eine sich darüber aufbäumende brennende Frauengestalt. Und mittendrin ein Mädchen in einem blauen Gewand, das furchtlos dastand, während gleich daneben ein Mann einen Säbel mit einem großen blauen Stein am Griff hielt. Das Feuer leckte schon an der Hand des Mannes, dessen hageres, vernarbtes Gesicht von heftigem Schmerz gezeichnet war – es war das Gesicht seines Bruders Lew.

Marius ließ seine Barrieren erschreckt hochschnellen, um das schreckliche Bombardement anzuhalten, doch zuvor sah er noch das Bild des Mädchens, das in den Flammen verging. Er spürte das Entsetzen und die Trauer in dem Geist desjenigen, der den seinen berührt hatte, wie eine offene Wunde.

Marius merkte, wie sich in seinem Nacken feuchter Schweiß ansammelte. Die Szene war so real gewesen, als hätte er selbst auf der brennenden Brustwehr gestanden ... Wer immer dieses Bild in seinen Geist projiziert hatte, musste ein hochbegabter Telepath sein. War der Eindringling etwa hier, im Klassenzimmer?

Er drehte sich um und begutachtete die gelangweilten, leeren Mienen seiner Mitschüler. Dann tastete er ihre Gedanken ab und versuchte den Geist zu lokalisieren, der den seinen berührt hatte. *Wo bist du?,* flehte er den Unbekannten an. Die einzige Antwort bestand aus dem dreimaligen Klingeln des Interkoms, welches das Ende der Unterrichtsstunde anzeigte. Die Terraner eilten an ihm vorbei zur Tür, und Marius fragte sich: *Wie kann es einer von ihnen gewesen sein? Sie haben doch nichts anderes im Sinn, als in die Cafeteria zu stürmen, bevor sie dort keinen Platz mehr finden ...*

Als er zum Aufzug ging, sagte eine deutliche Stimme: »Warte mal.«

Marius drehte sich um und erblickte einen Jungen seines Alters in den einfachen Kleidern und weichen Hausstiefeln, die bei den Terranern gerade modern waren. Ansonsten sah er darkovanischer aus als Marius. Er war schlank, hatte lange, zierliche Hände, eine helle Haut und rötlich-braunes Haar. Seine Augen funkelten in einer Farbe, die Marius noch nie gesehen hatte: Sie schimmerten wie Bernstein, fast golden, wie die Augen einer Bergkatze.

»Marius Lanart«, begann der Fremde im sauberen *Cahuenga* der fernen Hellers, »ich muss dir mein Eindringen in deinen Geist erklären.« Er schluckte und schaute unbehaglich drein. »Du hast deinen ... deinen Tagtraum durch die ganze Klasse geschickt. Die anderen sind keine Telepathen, aber ich konnte ihn nicht übersehen. Den ganzen Zorn und das Feuer, das du entzünden wolltest ... Ich schätze, es hat mich an allzu viel Unangenehmes erinnert. Ich konnte es nicht aushalten ... Was du gesehen hast, war ein Teil meiner Erinnerungen.«

Marius empfand ein merkwürdiges Gefühl, eine Art Verständnis für das Leiden, das er in dem anderen spürte. Mitleid und plötzliche Neugier ließen ihn fragen: »Erinnerungen an was? Ich habe meinen Bruder in deinen Erinnerungen gesehen.«

»Ich war in Aldaran, als Sharra losschlug.« Der Junge runzelte die Stirn, dann sagte er abrupt: »Hier können wir uns nicht unterhalten. Hast du jetzt Mittagspause?«

Marius nickte und folgte ihm. Es war ihm plötzlich wichtig, mehr über diesen seltsamen Terraner zu erfahren. Sie setzten sich in einer leeren Umkleide auf eine lange Bank und musterten einander. Marius kam sich furchtbar linkisch vor, aber der Zwang, unter dem er stand, war stärker als seine Schüchternheit. »Woher kennst du meinen Bruder?«, fragte er.

»Fürst Kermiac von Aldaran war mein Pate, ich bin in seiner Burg aufgewachsen.« Der Junge hielt inne, dann fuhr er fort. »Als Lew nach Aldaran kam, haben wir ihn zum Mitglied unseres Matrixkreises gemacht. Er hat erkannt, dass ich wie meine Schwestern über telepathische Fähigkeiten verfüge. Er hat angefangen, mich auszubilden, damit ich lerne, wie man sie einsetzt. Er war nett zu mir, wie ein Bruder ... Wir haben uns ziemlich oft telepathisch verständigt, deswegen habe ich dich auch erkannt. Er hat mir erlaubt, mich ihm und Marjorie anzuschließen ...«

Marius fing ein geistiges Abbild seines Bruders auf: Er ging durch die Straßen einer strahlenden Stadt und lächelte einem Mädchen mit bernsteinfarbenen Augen an seiner Seite zu.

»Marjorie war meine Schwester«, fuhr der Junge fort. »Unser Vater war Terraner, aber unsere Mutter war die Letzte der Darriels. Sie entstammte einer alten Familie aus den Bergen. Vielleicht haben Lew und Marjorie sich deshalb ineinander verliebt. Sie waren beide terranisch-darkovanische Hybriden und verstanden sich vom ersten Augenblick an. Auch wenn es ihnen nicht viel genützt hat.« Er schüttelte sich und verzog das Gesicht zu einer bissigen Grimasse. »Als Lew die Sharra-Matrix schließlich abschaltete, musste er durch Marjorie zuschlagen. Ich konnte ihr nicht helfen, denn ich war zu verängstigt. Außerdem ging alles so schnell. Sie ist gestorben und ... alles ging in Flammen auf ...«

Marius verspürte einen schmerzhaften Druck, als wären die Qualen seines Gegenübers seine eigenen. Doch statt sich ihnen zu ergeben, wechselte er das Thema. »Du bist so darkovanisch wie Lew und ich. Wie bist du ... hierher gekommen?« Er deutete mit einer geringschätzigen Geste auf die sie umgebenden Wände. »Haben die Terraner dich etwa dazu gezwungen?«

»Nein, aber ich konnte sonst nirgendwo hingehen. Thyra,

meine andere Schwester, ist mit ihrem Geliebten geflohen. Gott allein weiß, wohin. Ich hatte keine Ahnung, wo Lew hingegangen war – also schloss ich mich als Sohn meines Vaters dem terranischen Imperium an.« Er hob die Mundwinkel in einem matten Lächeln an. »Ich habe ganz vergessen, mich vorzustellen. – Rafe Scott, *z'par servu*.«

Die darkovanische Redensart passte nicht ganz zu seinem terranischen Namen – obwohl »Rafe« typisch darkovanisch war, eine Koseform von »Rafael« oder »Rakhal«. Ein passender Name für einen Sohn Terras und Darkovers.

Marius war auf jemanden gestoßen, der sein Bruder hätte sein können, so ähnlich war ihre Herkunft. *Ein Sohn Terras und Darkovers,* wiederholte Marius im Geiste. *Beide haben Anspruch auf mich, aber ich habe versucht, die Welt meiner Mutter zu verleugnen.*

»Hm«, sagte Rafe wissend – er war nicht umsonst Telepath. »Manchmal hatte ich das Gefühl, ich müsste meine Seele verkaufen, um ein echter Terraner zu sein – aber ich kann nicht vergessen, wo ich geboren wurde und wer mich aufgezogen hat. Legat Lawton sagt, dass ich großes Glück hätte, mit beiden Welten verbunden zu sein. Aber ich halte es eher für einen Fluch.« Rafe schaute Marius an. »Ich habe gleich erkannt, dass du sehr wütend bist. Es hat etwas mit Fürst Hastur zu tun, dem Rat, deinem Vater und den Terranern. Du bist wohl nicht aus freien Stücken ins Hauptquartier gekommen, wie?«

Marius schüttelte den Kopf. Rafes Offenheit verwirrte ihn, denn er hatte seine Gefühle immer für sich behalten. Dennoch war es irgendwie sehr natürlich – als würde er ihn schon seit langer Zeit kennen. Also erzählte er ihm von den letzten Wochen und verschwieg dabei nur das tatsächliche Ausmaß seiner Wut. Für einen Telepathen waren solch starke Gefühle ohnehin offensichtlich.

Als er fertig war, schenkte Rafe ihm ein zaghaftes Lächeln.

»Es war nicht leicht«, sagte er. »Es ist nie leicht, wenn man die Welt wechselt. Und du hast es nicht mal gewollt.«

Marius spürte hinter Rafes Lächeln ein Aufwallen von Emotionen, eine starke Sehnsucht, die auch seine Gedanken widerspiegelten: *Er ist ein Hybride wie ich und gehört im Grunde zu keiner dieser Welten. Wir könnten Freunde sein ... Heilige Lastenträgerin, ich war zu lange allein!*

Mehrere Tage später eilte Marius an einem warmen Nachmittag mit festem Schritt durch die terranische Zone, einen Aktenkoffer in der Hand. Sie hatten heute schulfrei, deswegen wollte er Rafe in der Bibliothek treffen, um mit ihm zusammen die Hausaufgaben zu erledigen.

Er blieb am Stand eines Straßenhändlers stehen, kaufte eine Fleischpastete und setzte seinen Weg fort. Als er an der warmen, blättrigen Kruste knabberte, spürte er an der Oberfläche seines Bewusstseins eine kribbelnde Angst. Er blieb stehen und konzentrierte sich. Ein kratzendes, rüdes Verhalten ließ ihn sich fühlen wie eine der Käfigratten im Schullabor. Er wurde beobachtet, und zwar von jemandem, der nicht weit entfernt war. Marius war sich seiner Sache sicher, denn dies war ihm in den vergangenen sechs Tagen dreimal passiert. Nun hatte er genug davon. Er änderte seine Route und nahm einen anderen Weg vom Hauptquartier zum Raumhafen, da er hoffte, den unsichtbaren Beobachter dadurch so sehr zu verwirren, dass er sich seinem tastenden Geist offenbarte. Doch als er die Abschirmungen erreichte, welche die Landebahn umgaben, war der Verfolger ihm noch immer auf den Fersen.

Die Menge wurde größer, was am Zustrom der Reisenden lag, die gerade mit der *Southern Cross* gelandet waren. Marius folgte einem plötzlichen Impuls und blieb stehen, wie schon zuvor auf dem Weg zum Hauptquartier. Er genoss den Anblick und die Geräusche des massiven Komplexes: das Brüllen der riesigen Sternenschiffe, die sich in die Luft erhoben; die Vielfalt der Besucher und anderer Lebewesen von Hunderten von Welten ... Dann drehte er sich zögernd um und verließ den Raumhafen.

»Du hast dich verspätet«, sagte Rafe, als Marius sich am Springbrunnen auf dem Platz vor dem Hauptquartier zu ihm gesellte. »Und du bist wütend. Was ist passiert?«

Die Geschwindigkeit, mit der Rafe seine oberflächlichen Gefühle aufnahm, überraschte Marius längst nicht mehr. Wenn der Junge sich vornahm, seine Kraft einzusetzen, war er ein starker Telepath, und Marius hatte sich nicht gegen ihn abgeschirmt. Es freute ihn, dass Rafe dermaßen besorgt um ihn war und seine Gefühle überwachte. Sie waren oft ohne bewusstes Bemühen ins erste Stadium mentaler Verständigung eingetreten. Doch wenn Marius versucht hatte, tiefer in Rafes Geist einzudringen, um zwischen ihnen ein engeres Band zu schmieden, war er einem dermaßen starken Schmerz und einer solchen Furcht begegnet, dass er sich hastig zurückgezogen hatte. Rafe hatte dies als deutliche Erleichterung empfunden.

»Jemand hat mich auf dem Weg hierher beschattet«, erwiderte Marius. »Und es war nicht das erste Mal. Ich habe zwar keine Ahnung, warum die Terraner mich bespitzeln sollten, aber ...«

»Moment mal«, unterbrach ihn Rafe. »Wie kommst du darauf, dass die Terraner dafür verantwortlich sind? Ich stimme dir zwar zu, dass die meisten Beamten auf dem Raumhafen großmäulige Narren sind, aber die Leute vom Geheimdienst wissen, was sie tun. Und dazu dürfte es kaum gehören, dass sie einem ausgestoßenen Comyn hinterherschnüffeln, der ebenso Anspruch darauf hat, sich Bürger des Imperiums zu nennen wie sie selbst. Das ist doch unlogisch.«

»Vielleicht aber auch nicht«, sagte Marius und drückte

den »Aufwärts«-Knopf neben dem Aufzug. »Wer könnte mich sonst durch die ganze Handelsstadt verfolgen, ohne in der Lage zu sein, mir auch bis zur Burg nachzuschleichen?«

»Nach dem, was du sagst, sind deine teuren *Hali'ymin* durchaus dazu fähig, indem sie entweder Agenten oder ihre Matrixsteine einsetzen. Vielleicht haben sie Bedenken und glauben, du könntest dem Imperium einige ihrer Geheimnisse mitteilen ...«

»Nach allem, was sie mir angetan haben, hätten sie es mehr als verdient«, sagte Marius ironisch, als sich die Aufzugtür endlich öffnete. *Rafe hat wahrscheinlich Recht,* dachte er, als sie hinauffuhren. *Wenn jemand einen Grund hat, mich zu bespitzeln, dann die Comyn.* Er war ein wenig überrascht, weil er sie erst jetzt verdächtigte. Dann wurde ihm klar, dass er sich diese Möglichkeit nicht hatte eingestehen wollen. Konnte ein Fürst der Sieben Domänen für ein derart kleinkariertes, typisch terranisches verdecktes Unternehmen tatsächlich verantwortlich sein? *Nun ja ...*

Der Aufzug hielt an, und die Tür öffnete sich mit mechanischer Präzision. Auf halbem Weg durch den glänzenden Korridor blieb Marius stehen, um seinen Durst an einem Wasserspender zu stillen. Das kalte Wasser schmeckte nach dem schillernden Metallhahn, und er spuckte es aus. Plötzlich schüttelte es ihn vor Ekel angesichts seiner verachtenswerten Existenz.

»Immer sachte, Marius«, sagte Rafe leise. »So schlimm ist es nun auch wieder nicht. Ich kann mich ebenso gut irren. Vielleicht haben dich nicht die Comyn verfolgt. Aber selbst wenn es so war – die Ehre Hasturs ist selbst weit hinter den Hellers ein Begriff. Für meinen Pflegevater war Fürst Danvan immer ein kluger und gerechter Mann, obwohl sie unterschiedliche politische Ansichten hatten. Ich bin mir sicher, dass er nichts von diesem Unsinn weiß und das Unternehmen in dem Moment abbläst, in dem du dich an ihn wendest.«

So, wie ich mich an ihn gewendet habe, damit ich zu den Kadetten darf?, dachte Marius. *Warum habe ich nichts dagegen unternommen? Ich muss die passende Waffe finden, und eine Methode, sie einzusetzen.*

Bevor sie die Bibliothek betraten, meldete Rafe sich erneut zu Wort. »Falls wir am frühen Nachmittag fertig sind, können wir zum Raumhafen runtergehen. Ich kenne einen Mechaniker, der mir eine Führung durch den gesamten Komplex versprochen hat. Es ist bestimmt viel besser als der verlogene *Reish*, den die Leute aus der Werbeabteilung bei ihren Führungen verteilen.« Er verwendete das *Cahuenga*-Wort für Stallmist. Marius musste trotz seiner Schwermut lächeln und dachte: *Er hat bemerkt, dass ich sauer bin, und will mich aufheitern.*

Er empfand Rafes Bemühungen als rührend und beschloss, ihm seine Wertschätzung zu zeigen. »Ich habe eine bessere Idee«, sagte er. »Wir hören eine Stunde vor Sonnenuntergang auf und gehen in mein Quartier. Wir können zusammen zu Abend essen, und anschließend führe ich dich persönlich durch jeden Raum von Burg Comyn.« Von seinem eigenen Wagemut überrascht, hielt Marius inne. Er spürte Rafes Freude greifbar nah in dem Raum zwischen ihnen. Er bemühte sich, nonchalant zu klingen. »Nimm deine Bücher und ein paar Kleider mit, dann kannst du, wenn du willst, auch über Nacht bleiben.«

»Aber gern«, erwiderte Rafe. »Das ist ein wahrhaft königliches Angebot, Fürst Marius.«

»*S'dia shaya, vai dom Rakhal*«, erwiderte Marius mit einer traditionellen *Casta*-Wendung. »Komm jetzt«, drängte er. »Vielleicht haben wir Glück und finden einen leeren Konferenzraum.«

Sie machten sich mit einer solchen Eile daran, ihre Hausaufgaben zu lösen, dass sie dabei zwei oder drei Stifte zerbrachen. Sie verließen das Hauptquartier, als die Abendwolken über den Hügeln aufstiegen. Eisiger Regen kühlte die Luft stark ab, und Rafe zitterte in seiner dünnen Jacke. Als sie zur Burg kamen, verlangsamte Marius sein Tempo zu einem festen, wohl abgewogenen Schritt. Unter dem massiven Bogen, der zum hinteren Burghof führte, standen drei junge Kadetten. Der erste war Felix Aillard, dessen helle Gesichtszüge sich zu einem falschen Lächeln verzogen.

Er trat vor, um ihnen den Weg zu verstellen, und zog dabei sein Schwert.

»Lasst uns vorbei«, zischte Marius, und es war keine Bitte.

Felix schaute den Jungen nur an. Er schien die Situation zu genießen. Der Wind zerrte an seinem rotgoldenen Haar und blähte seinen kurzen, schwarzen Umhang auf, so dass er wie der Inbegriff eines Comyn-Soldaten wirkte.

»Warum verstellst du uns den Weg?«, fragte Marius und reichte Rafe den Aktenkoffer, damit er die Hand auf den Dolch legen konnte, den er in einer Scheide stets bei sich trug.

»Ich verstelle *dir* doch nicht den Weg, *Com'ii*«, sagte Felix und nahm Rafe ins Visier. »Wie ich sehe, haben dir deine neuen Freunde einen Diener zugeteilt. Aber terranische Laufburschen dürfen hier nicht rein.«

»Rafe Scott ist nicht mein Diener, er ist mein Freund. Du hast kein Recht, meinem Gast und mir den Zutritt zu meinem Zuhause zu verwehren.«

Felix lachte hinterlistig und ohne jede Fröhlichkeit.

Marius fing eine zornige Woge auf, die sich wie heißes Pech aus dem Bewusstsein des Kadetten über Rafe ergoss.

»Du glaubst also, ich hätte nicht das Recht, diesem Terraner den Zutritt zu verwehren?«, stichelte Felix spöttisch weiter.

»Dann, *Chiyu,* bleib mal hier und warte ab, bis ich jemanden kommen lasse, der das Recht dazu hat!«

Er wandte sich an den Jungen zu seiner Linken. »Hol den Kommandanten, Nicol, und sag ihm, was Montray-Lanart hier gerade vorhat.«

Verdammt!, dachte Marius. *Wenn er Dyan Ardais findet, wird dieser verfluchte* Ombredin *Rafe allein deswegen in die Zone zurückschicken, um mich zu piesacken!*

Der Kadett lief in Richtung Garnison davon. Als Marius Felix' triumphierendes Lächeln sah, hätte er ihm am liebsten einen Schlag in sein ansehnliches Gesicht versetzt. Er war nicht nur seinetwegen entrüstet, sondern auch wegen Rafe und der peinlichen Lage, in die Felix seinen Freund bringen wollte. Rafe war bei der Kälte nicht mal richtig angezogen, und dieser miese kleine Zinnsoldat wollte ihn wie einen Bettler im Regen stehen lassen! Es kam ihm nur natürlich vor, seine Empörung auf seinen Matrixstein zu konzentrieren. Sein Zorn wuchs an, bis er ihn wie ein Feuer zu umhüllen schien. Er hätte nicht viel mehr an Kraft aufwenden müssen, um Felix die Besinnung verlieren zu lassen, und er sehnte sich danach, es zu tun.

Felix schaute ihn an. Argwohn und Furcht lagen in seinem Blick, als er nach Luft schnappte und sich vergebens an die Kehle griff. Auch Rafe wandte sich zu ihm um und schaute ihn entsetzt an. Marius hörte ihn wortlos rufen: *Du weißt nicht, was du tust! Hör auf, bevor es zu spät ist!*

Zögernd verlangsamte Marius seine Attacke. *Bedeutet es dir so viel?*

Ja!

Der Junge zog die zerstörerische Energie aus seinem Sternenstein ab. Es war die Sache nicht wert, sich an Felix zu rächen, wenn sie Rafe dermaßen Kummer bereitete.

Nun, da der Kadett seine Stimme wiedergefunden hatte, fauchte er wie ein Katzenmensch. »Wir werden uns in Zandrus kältester Hölle wiedersehen, kleiner *Bre'suin!* Du hast eine Matrix eingesetzt, um mich zu verhexen! Warum kämpfst du nicht wie ein Mann gegen mich, du verdammtes terranisches Halbblut?«

»Ja«, sagte Marius leise. »Meine Mutter war Terranerin, aber mein Vater hat mich anerkannt. Diesen Unterschied kannst du für dich nicht beanspruchen, Felix, oder?« Uneheliche Geburten waren in den Sieben Domänen zwar keine Schande, aber die Promiskuität von Felix' Mutter hatte ihm den Beinamen *Der mit den sechs Vätern* eingetragen. Marius empfand keine Gewissensbisse, dies zu seinem Vorteil auszunutzen. Dem vor Wut rasenden Felix fielen plötzlich keine höhnischen Worte mehr ein.

Da kehrte Nicol in Begleitung eines hochgewachsenen Gardisten zurück. Marius erkannte in ihm Lerrys Ridenow, den Einzigen, der ihn bei den Comyn unterstützt hatte.

Den Göttern sei Dank, dachte er. *Lerrys wird diese Komödie sofort beenden.*

»Ich habe den Kommandanten nicht gefunden«, sagte Nicol. »Aber Hauptmann Ridenow wollte ...«

»... einfach nur in Erfahrung bringen, was hier vor sich geht«, beendete Lerrys den Satz. »Kadett MacAran hat mir eine Geschichte erzählt, laut der Ihr etwas dagegen habt, dass Marius Lanart einen terranischen Spion in die Burg einschmuggelt.«

»Das stimmt so nicht, Herr Hauptmann!«, mischte Rafe sich ein. »Ich habe aus Respekt vor Ihren Dienstvorschriften bisher geschwiegen, aber ich lasse nicht zu, dass Marius meinetwegen weiterhin beschimpft wird. Er hat mich eingeladen, und das Gerede über Spionage ist absolut lächerlich!« Er hustete, dann fuhr er fort. »Ihr seid ein Comyn, Herr. Ihr verfügt doch bestimmt über Mittel, um festzustellen, dass ich die Wahrheit spreche.«

Lerrys runzelte die Stirn und musterte Rafe eingehend. Als er das Wort ergriff, sprach er die drei Kadetten an. Sein Ton war knapp und wütend. »Ich kann kaum glauben, dass Kadetten an einer solchen Narretei teilgenommen haben. Ein solches Verhalten erniedrigt jeden Comyn. Dieser Bursche ist zwar ein Fremder, aber ein Gast von *Dom* Marius. Ihr habt ihn beleidigt und die Regeln der Gastfreundschaft gebrochen. Kehrt auf der Stelle in euer Quartier zurück. Wir sprechen uns später. Kadett Aillaird, du bleibst hier.« Er wandte sich an Marius. »Wartest du im Großen Saal auf mich, mein Vetter?«

»Aber gern.« Der Junge führte Rafe unter dem Bogen hindurch über den kleinen Burghof. Einige Minuten später befanden sie sich in der Burg, am Fuße der Marmortreppe, die sich bis in die vierte Etage hinaufschraubte.

»Es ist ganz wie zu Hause«, sagte Rafe. »Unser Großer Saal hatte zwar eine Bogenbeleuchtung, war aber *ebenso* zugig. Außerdem hatten wir nicht so viele Wandteppiche wie ihr.«

»Schau mal da drüben, unter dem Kronleuchter.« Marius deutete auf einen Bildteppich, der eine Schlacht zeigte, die genau vor den Türmen vor Burg Comyn stattfand. Sie war so detailgetreu wiedergegeben, dass man mehrere Gardisten und ihren Anführer erkennen konnte, einen dunkelhaarigen Mann, der gerade mit einem Stammeshäuptling der Trockenstädter kämpfte. Man konnte sogar die Blutspritzer auf ihren Stiefeln erkennen.

»Rafael Lanart war mein Vorfahr«, erläuterte Marius stolz. »Er hat vor dreihundert Jahren die Garde gegen ein einfallendes Trockenstädter-Heer in den Sieg geleitet, nachdem er ihren Anführer getötet hatte! Er hat dermaßen großen Ruhm erworben, dass er viele Jahre später, als der König und sein Sohn durch Verrat ums Leben kamen, Regent des minderjährigen Thronfolgers wurde.«

»Ah, Marius! Da bist du ja.«

Sie drehten sich um und erblickten Lerrys Ridenow, der nur wenige Schritte entfernt stand und völlig durchnässt war. »Es regnet so heftig, dass es die Toten aufweckt«, sagte er gereizt. »Manchmal fällt mir der alte Aberglaube ein, dass solcher Regen den Zorn der Götter über unsere Überheblichkeit symbolisiert.« Er entspannte sich und fuhr fort: »Heute hast du bestimmt genug Überheblichkeit erfahren, mein Vetter. Ich entschuldige mich für das Verhalten der Kadetten und versichere dir, dass sie einen ernsten Tadel erhalten werden.«

Von der plötzlichen Besorgtheit des Mannes überrascht, zuckte Marius die Achseln. »Ist schon in Ordnung, *Dom* Lerrys«, erwiderte er. »Sie haben uns nicht verletzt. Außerdem wird man taub, wenn man bellenden Hunden zuhört, und man lernt dabei nicht viel.«

Lerrys lächelte. »Ich fürchte, wir haben beide unsere Manieren vergessen. Willst du mich nicht deinem Freund vorstellen, Marius?«

»Ich bin Rakhal Darriel-Scott, besser bekannt als Rafe Scott, *z'par servu.*« Rafe war es offensichtlich leid, als unwissender terranischer Außenseiter abgewiesen zu werden.

»Ich heiße dich auf Burg Comyn willkommen, Rafe Scott. Ihr seht so aus, als könntet ihr ein wärmendes Feuer und ein noch wärmenderes Getränk vertragen – wie ich übrigens auch. Habt ihr Lust, mich in mein Quartier zu begleiten?«

»Danke«, erwiderte Marius, »aber vor dem Essen müssen wir noch einige Hausaufgaben erledigen.«

»Dann bringe ich euch wenigstens bis zur Tür, dein Quartier liegt ohnehin auf meinem Weg.«

Als sie die Treppe hinaufgingen, fragte Rafe: »*Dom* Lerrys, habt Ihr eine Ahnung, warum der junge Aillard mich nicht leiden kann? Marius und ich haben es deutlich gespürt, dabei habe ich ihn noch nie zuvor gesehen.«

Lerry's Miene verfinsterte sich. »Es ist eine schlimme Sache.

Felix hatte einen älteren Bruder namens Geremy, der Hauptmann bei den Gardisten war. Im vergangenen Jahr befand er sich in der Mittsommernacht auf einer Patrouille ... Es gab eine Auseinandersetzung in einer Taverne, die zwei Männer von der Raummarine angezettelt haben. Geremy hat sich eingemischt, und ein Terraner hat ihn mit einem Blaster erschossen. Er ist ein paar Stunden später in Felix' Armen gestorben. Seither hasst er alles und jeden, das oder der terranisch ist.«

»Ich glaube, ich kann es ihm nicht verübeln«, sagte Rafe rücksichtsvoll.

»Aber ich«, fauchte Marius. »Du hast nichts mit dem Tod seines Bruders zu tun! Also hat er auch keinen Grund, dich dafür zu hassen!«

Lerrys schaute amüsiert drein, redete jedoch mit ernster Stimme weiter. »Deine Loyalität spricht für dich, Marius. Und du hast Recht. Leider denken Menschen wie Felix, die von ihrem Hass vergiftet werden, nicht so klar.«

Da fing Marius ein unterschwelliges Gefühl auf; offensichtlich freute Lerrys sich über seine Freundschaft mit Rafe. Es war keine vage, liebenswürdige Emotion, sondern feste, zufriedene Billigung, als sei er für ihre Beziehung irgendwie persönlich verantwortlich. Marius war erleichtert, dass er Lerrys' Einladung nicht gefolgt war, das ungewohnte Interesse des Gardisten beunruhigte ihn.

Vielleicht ist er ein Ombredin *und möchte uns beide haben*, dachte er, doch dann musste er ein Lachen unterdrücken. Es war unmöglich, sich den zwanglosen, stets eleganten Lerrys als Opfer der zügellosen Leidenschaft vorzustellen, die Dyan Ardais vor etwa drei Jahren beinahe die Ehre gekostet hatte.

Das Abendessen verlief in ruhigem Rahmen, da Andres erst in zwei Tagen aus Armida zurückkehren würde. Anschließend erfüllte Marius sein Versprechen und führte Rafe durch so viele Trakte der Burg, wie ihre Beine schafften.

Später lag Marius erschöpft unter den schweren Decken seines Bettes, Rafe war auf der anderen Seite des Raumes schon eingeschlafen. Marius seufzte, er war zum ersten Mal zufrieden, seit er nach Thendara gekommen war.

Seine Euphorie hielt auch den größten Teil des nächsten Tages an. Das Wolkenband war aufgerissen, und der Tag war so warm, wie der darkovanische Sommer es erlaubte. Sie standen früh auf und ritten nach Norden, um sich die *Rhu Fead* anzuschauen – den heiligen Ort der Comyn. Obwohl Rafe das uralte weiße Heiligtum nicht betreten konnte, ließ er sich vom See von Hali begeistern, an dessen nebeligen Ufern es stand. Sie verbrachten den Rest des Morgens damit, nach Nordwesten zum Armida-Plateau zu reiten. Gegen Mittag hielten sie an und packten die Vorräte aus, die sie mit auf die Reise genommen hatten.

»Du bist wohl lange nicht mehr geritten«, sagte Marius, dem Rafes Unbehagen auffiel, als er sich zu Boden sinken ließ. Sein Begleiter verzog nur wortlos das Gesicht und griff nach einem Apfel. Sie aßen schnell und sprachen kaum etwas, während der Wind das Laub in den Baumwipfeln rascheln ließ. Die Vögel zwitscherten und sie hörten ein paar davonhuschende Felsenhörnchen. Rafes Gestalt spannte sich unvermittelt wie die eines Falken, der sich zum Abflug bereitmacht.

»Was ist denn los?«, fragte Marius.

Rafe streckte die Arme über seinem Kopf aus. »Lass uns fortgehen, Marius ...«

»Und wohin?«

»Irgendwohin, solange es nur Lichtjahre von diesem Planeten entfernt ist! Wenn Terra und Darkover zusammenprallen, können sie sich nur den Kopf einschlagen. Ich möchte einen

Ort finden, an dem niemand alte Fehden verfolgt oder irgendeinen Groll hegt.« Er lächelte zwar, aber sein Blick wirkte unruhig und fordernd. »Lass uns einfach verschwinden – morgen früh oder nächste Woche. Ich weiß zwar, dass wir für die Raummarine zu jung sind, aber wir könnten uns auf einem Frachter verdingen. Vielleicht können wir auch Gesetzlose werden. Wir verlassen uns einfach auf unseren Grips und unsere Blaster, bis man eine Belohnung auf uns aussetzt. Wir könnten auch Kolonisten werden. Es gibt noch immer eine Menge neuer Planeten, die man erforschen und besiedeln kann.«

Die Farben des Waldes flimmerten vor Marius' Augen. Die Luft schien zu wogen, und er wurde urplötzlich vom Zeitwechsel ergriffen, der oft jene vom Blute Altons heimsuchte. Er sah den Raumhafen von Thendara und die offenen Luken eines Linienschiffes vor sich, Lew stand auf der Gangway. Er war älter, hatte graue Strähnen im Haar, und sein vernarbtes Gesicht strahlte Entschlossenheit aus. Er trug terranische Kleider, wie auch die junge blonde Frau neben ihm. Er hielt ein kleines Mädchen auf den Armen. Ihre Lider öffneten sich flatternd und gaben den Blick auf ihre Augen von der Farbe flüssigen Bernsteins frei, die denen Rafes stark ähnelten. Einen kurzen Augenblick lang spürte er Rafes Präsenz in seinem Geist, sie teilten die Vision. Dann nahm er den Kummer seines Freundes wahr und hörte ihn mit schrecklicher Sehnsucht »Marjorie!« rufen. Die Vision verblasste.

Rafe atmete tief ein und wehrte Marius' helfende Hand ab. »Ich bin in Ordnung«, sagte er leise. »Das Kind, das du gesehen hast ... Es sah wie meine Schwester aus.«

»Rafe ... Möchtest du mir nicht ... mehr ... über die Nacht ihres Todes erzählen?« Marius zögerte, suchte nach Worten. »Ich merke, dass du wegen der Dinge, die damals passiert sind, dein *Laran* fast blockiert hast. Vielleicht ... Vielleicht sollten wir versuchen, uns vollständig zu verbinden ... Du kannst es doch nicht bis in alle Ewigkeit in deinem Inneren verschließen.« *Ich habe zwar noch nie jemandem einen Rat gegeben,* dachte er, *aber ich habe deinen Schmerz geteilt und kann ihm gegenüber nicht gleichgültig bleiben.*

»Natürlich weißt du alles über verborgene Gefühle!«, erwiderte Rafe. »Du lässt deinen Zorn ja brennen wie den Kessel eines Dämons. Ist dein Verhalten für einen Alton, dessen Zorn immerhin töten kann, nicht etwas gefährlich?« Dann lächelte er und entspannte sich wieder. »Ach, wir sind schon ein famoses Duo! Du mit deinem Zorn, und ich mit meinen ... meinen Erinnerungen. Na los, lass uns den Rest des Tages mit etwas *Nützlichem* verbringen!«

Eine leichte Beklommenheit ergriff von Marius Besitz, und seine Nackenhaare richteten sich auf.

Irgendetwas wird passieren, dachte er. *Und zwar sehr bald. Vielleicht noch in den nächsten zehn Tagen. Irgendetwas Wichtiges.*

Er schaute zum wolkenlosen Himmel hinauf und musterte das hohe Immergrün, das sich in der Brise wiegte. Dann fiel sein Blick auf Rafes erwartungsvolle Miene.

»Es ist ein warmer Tag für Darkover.« Er stand auf. »Wenn du noch nicht zu müde bist, jage ich dich jetzt von hier bis zum Verbotenen Weg zurück. Mein Pferd kann es gar nicht erwarten, mal wieder loszurennen.«

Früh am nächsten Morgen begleitete Marius, den Aktenkoffer in der Hand, Rafe zum Hauptquartier. Er kam sich vor wie ein Meuterer, den seine verdiente Strafe erwartete. Es fiel ihm schwer zu glauben, dass sie erst vor vierzehn Stunden auf ihren Pferden durch die herrlich duftenden Hügel geprescht waren.

Wir sind wie Feuerameisen, die zum Hügel zurückkehren,

dachte er aufgebracht. *Ohne den geringsten Funken an freiem Willen, der uns von Tausenden anderen unterscheidet!*

»Was für ein Leben ist das überhaupt, mit dieser *Erziehung*, auf die die Terraner so stolz sind? Man sitzt den ganzen Tag auf dem Hintern, drückt Knöpfe und kritzelt Notizen, wie ein kleiner Angestellter!«, fragte er dann.

»Mich hat man im Gegensatz zu dir nicht gezwungen, mein Sommerquartier hier aufzuschlagen«, sagte Rafe. »Ich wollte für mich ein paar schwierige Hürden aus dem Weg räumen – je früher ich die Schule beende, die alle terranischen Kinder besuchen müssen, desto eher stehe ich auf eigenen Beinen und kann meine Richtung selbst bestimmen. Außerdem, Marius ... Wenn wir uns entschließen, Raumpiraten zu werden, müssen wir die Grundlagen der interstellaren Navigation kennen! Lern also gefälligst Algebra!«

»Ich bin davon ausgegangen, dass es keine Rolle spielt, wohin wir fliegen«, erwiderte Marius. Doch es fiel ihm schwer, in den übervollen Gängen und Aufzügen des Hauptquartiers zu scherzen.

Als die Imperiumsgeographie hinter ihm lag, eilte Marius in die Umkleide. Doch bevor er am Aufzug ankam, rief eine ihm vertraute Stimme, die nicht Rafe gehörte, seinen Namen.

»Wieso hast du es so eilig?«, fragte das dunkelhäutige Mädchen mit einem freundlichen Lächeln. »Ich hätte nicht gedacht, dass unsere Automaten dich so sehr locken.«

»Hallo, Elena.« Marius verlangsamte seinen Schritt, um auf ihrer Höhe zu bleiben. Er traute der Tutorin nicht; ihr hübsches Gesicht verwirrte ihn. Andererseits war sie die einzige Terranerin, die er wirklich leiden konnte, wenn man von Rafe absah. Aber Rafe war eigentlich kein echter Terraner.

»Da hast du völlig Recht«, fuhr er fort. »Normalerweise

bringe ich mir mein Essen von Zuhause mit. Hast du Lust mitzukommen?«

»Nein danke. Ich habe mir gerade erst mit den Klauen einen Weg durch die hungrige Meute gebahnt und bin auf dem Weg zu meinem Büro, weil ich etwas Ruhe und Frieden brauche.« Elena warf ihm einen fragenden Blick zu. »Dein Klassenraum liegt auf meinem Weg – aber das ist nicht der einzige Grund, weswegen ich ihn einschlage. Ich soll dich zur Verwaltung raufbringen.«

Marius blieb stehen. »Warum?«, fragte er vorsichtig.

»Der Legat möchte mit dir reden.« Elenas Stimme wurde vor Respekt leiser, wie bei einem Darkovaner, der Fürst Hastur erwähnte.

»Und wenn ich nicht die Absicht habe, mit ihm zu konferieren ...?«

»Sei nicht kindisch, Marius. Du brauchst ihm doch nicht die Stiefel zu lecken. Erweise ihm in seinem Hauptquartier einfach nur den nötigen Respekt.«

Marius folgte ihr wortlos. *Respekt!,* dachte er. *Was für eine Unverschämtheit! Sie schicken diese halbe Portion zu mir, damit sie mich mit schönen Worten umgarnt, und wissen doch, dass ich keine andere Wahl habe, als ihren Anweisungen zu folgen. Bei Sharras Ketten! Wäre mein Vater hier, würde der Legat jetzt um eine Minute meiner Zeit betteln!* Sein Zorn flammte erneut auf, und mit ihm kamen der Schmerz und die Frustration zurück, die er seit dem Tag verspürte, an dem sein Vater ihn ohne Abschied verlassen hatte.

Das Büro des Legaten für terranische Angelegenheiten bestand aus fünf großen Räumen und lag auf dem Dach des Hauptquartiers. Marius nannte der gelangweilten Empfangsdame am Eingang seinen Namen.

»Marius«, sagte Elena plötzlich, »ich mag zwar nur ein kleines Rädchen im Getriebe sein, aber du bist mir nicht gleichgültig. Bitte, glaube mir, wenn ich sage, dass ich dir nie etwas tun könnte.« Sie drückte schnell seine linke Hand und eilte davon. Leicht verdutzt schaute der Junge ihr nach.

»Der Legat wird Sie nun empfangen, Sir«, sagte die Rezeptionistin, ohne von den sich auf ihrem Schreibtisch stapelnden Unterlagen aufzuschauen. »Folgen Sie bitte dem Servomech.«

Marius marschierte hinter dem langsamen und untersetzten Kleinroboter her, bis ihm am anderen Ende der Zimmerflucht ein braun gebrannter Hüne in der Uniform der Raummarine die Tür öffnete und ihn hineinwinkte. Der Junge war leicht überrascht, denn er hatte sich das Privatbüro eines terranischen Legaten eher als eine grelle Mischung aus Chrom und Kunststoff mit einer Automatenbar und einem wandgroßen Bildschirm vorgestellt. Der Raum hatte jedoch etwas Darkovanisches an sich: Die Wände waren mit Holz verkleidet; er erblickte eine Keramikvase, ein Brett, wie man es für das Burgspiel benötigte, und einen Wandteppich, der ein Mittwinterfest zeigte.

»Marius Montray-Lanart.« Der Legat erhob sich hinter seinem Schreibtisch und machte eine korrekte darkovanische Verbeugung.

Auch diesmal war Marius überrascht. Er hatte geglaubt, der höchste terranische Vertreter auf dem Raumhafen von Thendara müsse so alt und würdevoll aussehen wie Hastur. Doch der Mann, der ihm mit einem entwaffnenden Lächeln gegenüberstand, war jünger als Lerrys Ridenow. Sein hellrotes Haar und seine helle Haut hätten ihn sogar als Comyn durchgehen lassen.

»Wollen Sie sich nicht setzen?«, fragte die eigenartige Gestalt.

Als Marius der Bitte des Mannes nachgekommen war, fuhr dieser in makellosem *Cahuenga* fort: »Dan Lawton, *z'par ser-*

vu, vor einem halben Jahr zum Legaten ernannt. Einer der Vorteile dieses sehr strapaziösen Berufes ist diese private Höhle, die schon einigen meiner Vorgänger geholfen hat, ihre geistige Gesundheit zu bewahren. Ich habe noch nicht zu Mittag gegessen und nehme an, dass es bei Ihnen nicht anders ist. Deswegen habe ich mir die Freiheit genommen, uns etwas bringen zu lassen. Darf ich Ihnen bis dahin etwas zu trinken anbieten?«

»Nein danke.« Marius hob den Blick und schaute direkt in Lawtons blaue Augen. Als er seine Sinne leicht ausdehnte, registrierte er die Nervosität hinter der gelassenen Fassade des Terraners. Von unfreiwilliger Neugier erfasst, nahm er eine äußerlich ruhige Haltung ein.

»Sie fragen sich bestimmt, warum ich Sie hergebeten habe. Laut Ihrer Akte sind Sie Telepath. Dann wissen Sie also, dass ich so ehrlich mit Ihnen rede, wie ich kann.« Der Legat legte die Handflächen aneinander. »Ich beobachte Sie sehr aufmerksam, seit Sie das Hauptquartier zum ersten Mal betreten haben. Sie sind in dieser Umgebung nicht sehr glücklich gewesen, was mir sehr Leid tut. Aber Sie haben *wirklich* gelernt, ziemlich effektiv in einer Welt zu funktionieren, von der Sie angenommen haben, Sie würden sie nie verstehen. Natürlich habe ich nichts Geringeres erwartet ...«

Lawton legte eine kurze Pause ein, dann fuhr er reibungslos fort. »Vor etwas mehr als hundert Jahren Ihrer Zeitrechnung ist ein terranisches Sternenschiff auf Darkover gelandet. Die Comyn waren entsetzt über das Eindringen dieser, ihrer Ansicht nach, fremden Rasse. Kaum zwanzig Jahre nach der ersten Landung entdeckte einer der angeblich fremden Eindringlinge, dass er über *Laran* verfügte, jene telepathische Fähigkeit, welche die Comyn bis dahin mit glühendem Eifer bewacht und hoch geschätzt haben. Dieser Raumfahrer hieß Andrew Carr. Er hat Ihre Großtante geheiratet und sein Leben als Angehöriger der Alton-Sippe auf den Alton-Ländereien beendet.«

Der Legat lächelte kurz. »Ich könnte Ihnen hundert andere Terraner nennen, die das große Glück gefunden haben, indem sie wie Darkovaner lebten: Ihr Onkel, Larry Montray, oder Magda Lorne, die Geheimagentin, die schließlich zu den Freien Amazonen wechselte. Beide sind bemerkenswerte Beispiele.«

Marius rutschte unruhig auf seinem Stuhl hin und her und wünschte sich, dass der Terraner endlich zur Sache kam. Genau in diesem Moment rollte ein großer Servomech in den Raum herein, und Lawton drückte einen Knopf. Das Oberteil des Roboters öffnete sich und ließ ein Tablett herausfahren. Als er sich zurückzog, reichte Lawton Marius ein Sandwich und schenkte ihm eine Tasse mit einer heißen, braunen Flüssigkeit ein. Marius hob protestierend eine Hand, weil er glaubte, es sei Kaffee, jenes terranische Getränk, das er einst auf Rafes Bitte hin gekostet hatte.

»Keine Sorge«, sagte Lawton lächelnd. »Es ist frisch aufgebrühter *Jaco*. Ich lasse ihn jeden Tag aus einer darkovanischen Imbissbude bringen. Ich mag nämlich auch keinen Kaffee.«

Als Marius mit dem zweiten Sandwich fertig war, ergriff Lawton erneut das Wort.

»Ich will damit sagen, dass die Comyn die einzigen Darkovaner sind, die sich den Vorteilen einer Kooperation zwischen unseren Kulturen entgegenstellen. Vielleicht mit Ausnahme der Trockenstädter oder der Banditen, die in den Bergen hausen. Die Freien Amazonen schicken uns ihre jungen Frauen seit etwa drei Generationen, damit wir sie ausbilden und beschäftigen. Allein im letzten Jahrzehnt haben wir zwei medizinische Kollegs für Darkovaner gegründet. Wir könnten viel mehr für diese Welt tun, wenn der Rat uns nur die Chance dazu gäbe.«

»Sie meinen, die Chance für Darkover, ein weiteres Glied in der Kette Ihres Imperiums zu werden?«, wandte Marius ein. »Ich glaube, das wünschen sich nicht mal die Amazonen, Mr. Lawton.«

»Ich eigentlich auch nicht.« Der Legat hielt inne, um zu prüfen, welche Wirkung diese Bemerkung auf seinen Gast hatte. Dann fuhr er fort: »Es gibt nämlich noch weitere Alternativen. Selbst ein begrenztes Handelsabkommen würde Darkover mit dem Besten bereichern, was Terra zu bieten hat: Medizin, Wissenschaft, Austausch von Menschen und Ideen. Gleichzeitig würde es diese Welt vor all jenen Technokraten beschützen, die aus Darkover am liebsten einen Zwilling der Erde machen würden. Ich warte voller Ungeduld darauf, dass Darkover eine nutzbringende Verständigung mit Terra eingeht. Weil Darkover, wie Sie es kennen, keine zwanzig Jahre mehr so weiterexistieren kann.«

»Was meinen Sie damit?«

Lawton schenkte sich noch einen *Jaco* ein. »Nur eine Kraft kann die Sieben Domänen daran hindern, wieder in jene feudale Anarchie zurückzufallen, die das Zeitalter des Chaos regiert hat. Und zwar die Comyn. Leider befinden sie sich derzeit in einem Auflösungsprozess. Ihre Geburtenrate ist in den letzten fünfzig Jahren ständig gesunken, und viele der noch Lebenden haben sich der Korruption und Dekadenz der Außenweltler ergeben. Was noch schlimmer ist: Die alten telepathischen Gaben gehen nach und nach verloren. Seit Ihr Vater fortgegangen ist, hat sich der Rat in eine Horde zänkischer Nörgler verwandelt. Die nächste *echte* Krise könnte diese Leute als regierende Körperschaft vernichten. Und was wird dann aus Darkover?« Lawton schwenkte die Flüssigkeit in seiner Tasse umher. »Sähen Sie es etwa gern, wenn die Pan-Darkovanische Liga alles übernähme?«

»Gewiss nicht!«, erwiderte Marius. Sein Interesse war geweckt, aber er hielt sich noch zurück.

Der Legat nippte an seinem *Jaco,* dann fuhr er fort. »Ich sehe eine mögliche Alternative darin, dass Darkover von opportunistischen Geschäftsleuten beider Welten ausgebeutet wird – und dazu gehören Menschen wie Sie, Marius. Ich bin seit einiger Zeit damit beschäftigt, etwas zusammenzustellen, was man ein Sonderkommando für die Zukunft nennen könnte: junge Männer und Frauen, die ein Produkt der Welten Darkover und Terra sind. Terraner wie Ihre Tutorin Elena, die darkovanisches Blut in sich haben und hier aufgewachsen sind, und Darkovaner terranischer Abstammung. Sogar ein paar Ihrer Comyn-Verwandten, die über die eigene Nasenspitze hinausblicken können ... Manche dieser Leute halten sich momentan nicht auf dieser Welt auf; sie lernen gerade etwas über das Imperium und seine Regierung. Andere arbeiten hier in Thendara oder helfen, Caer Donn wiederaufzubauen, wieder andere lehren im Gildenhaus von Arilinn unsere Medizin. Wenn Ihr überzüchteter Rat eines Tages an seiner Übellaunigkeit erstickt und sich auflöst, ist meine Gruppe bereit, den Übergang dieser Welt vom armen Stiefkind Terras zu ihrem Partner und Verbündeten helfend zu begleiten. Irgendwann ist Darkover bereit, sich selbst zu regieren – entweder als Demokratie oder als konstitutionelle Monarchie.«

Lawton schaute Marius in die Augen. »Sie würden diese Gruppe ideal ergänzen. Deswegen habe ich Sie auch nicht aus den Augen gelassen. Ich habe sogar Elena dazu gebracht, ihr Berufsethos zu verletzen, damit sie mir von Ihren akademischen und emotionalen Fortschritten berichtet. Außerdem habe ich dafür gesorgt, dass Sie in die gleiche Klasse kamen wie Rafe Scott.« Lawton hielt inne, dann lächelte er. »Rafe gehört ebenfalls zu meinen Hoffnungsträgern für die Zukunft.

Ich wollte bei Ihnen beiden sehen, wie Sie auf Ihre jeweils einmalige Vergangenheit reagieren ...«

»Noch ein kontrolliertes Experiment?« Marius' Stimme klang eisig. »Dann haben *Sie* mich also beschatten lassen.«

Der Legat war anständig genug, verlegen dreinzuschauen. »Ja, und es ist wahrscheinlich richtig, dass Sie mich wegen dieses Täuschungsmanövers verachten. Aber es gibt da ein altes terranisches Sprichwort: *Der Zweck heiligt die Mittel.* Ich würde meine Position und alles, was ich habe, bereitwillig aufgeben, um Darkover zu einem aktiven Mitglied der interstellaren Gemeinschaft zu machen, und zwar nach den Bedingungen Darkovers, nicht nach denen des Imperiums.«

Marius lehnte sich in seinem Stuhl zurück. Wenn er kein Telepath gewesen wäre, hätte er die Aufrichtigkeit einer solchen Aussage bezweifelt; doch er wusste, dass Lawton es ernst meinte, und konnte sich nur über die Inbrunst des Mannes wundern.

»Im Moment«, sagte er, »habe ich nur eine Frage. Warum machen *Sie,* ein terranischer Politiker, sich Sorgen um das, was in zwanzig Jahren auf Darkover geschehen könnte?«

Lawton lächelte erneut. »Weil ich, ebenso wie Sie, ein Sohn beider Welten bin. Meine Mutter ist Darkovanerin. Sie ist die Halbschwester Fürst Dyans, auch wenn er diese Verwandtschaft nur äußerst ungern anerkennt. Ich habe zwar dem Imperium Treue geschworen, aber meine Heimat ist Darkover.«

Die Bedeutung dieser Worte machte Marius schwindlig wie schwerer Wein. *Was für eine Rache würde das sein,* dachte er. *Mich einer terranischen Verschwörung anzuschließen, um den Untergang der Comyn-Herrschaft voranzutreiben ... Aber sosehr ich meine Verwandtschaft auch hasse ... Kann ich sie ausspionieren wie ein auf der Lauer liegender Bandit?*

Lawton stand auf. Das Gespräch war offenbar beendet. »Ich kann Ihnen zwar nicht versprechen, dass Sie sich als mein

Agent die Hände nicht schmutzig machen, aber kein Darkovaner könnte Sie einen Verräter nennen! Sie werden nämlich nicht dafür bezahlt. Ich möchte auch jetzt keine Antwort von Ihnen hören. Denken Sie über meine Worte nach und wägen Sie die Alternativen sorgfältig ab. Sobald Sie zu einem Entschluss gelangen, melden Sie sich bei dem Mann, der vor meiner Tür steht. Er gehört zu meinen wichtigsten Leuten und ist jederzeit für Sie zu sprechen. Falls Sie bis dahin auch nur einmal das Gefühl haben, im Hauptquartier ungerecht behandelt zu werden, oder mit jemandem reden möchten, der älter ist als Rafe, können Sie gerne zu mir kommen.«

Marius hatte sich in der letzten halben Stunde an überraschende Wendungen gewöhnt – sonst wäre er ernstlich erschreckt gewesen, als er Lawtons Höhle verließ.

Der Mann vor der Tür war Lerrys Ridenow.

»Hallo, Marius«, sagte er beiläufig. »Ich nehme an, Dan hat dich endlich über unsere Ziele aufgeklärt.«

»Er hat dich als einen seiner wichtigsten Männer bezeichnet«, entgegnete Marius. »Ich hätte angesichts deines plötzlichen Interesses an meinem Wohlergehen damit rechnen müssen.«

Einen Augenblick lang war Lerrys ernüchtert. »Du vertraust wirklich niemandem, was? Ob du es glaubst oder nicht, mein Interesse an dir war echt. Kennard Alton war der Beste von uns, und ich verehre ihn. Ich missbillige die Weise, wie die Comyn den einzigen ihm verbliebenen Sohn behandelt haben. Auch dies ist nur ein Symptom ihrer Degeneration. Wenn du dich Lawtons Gruppe anschließt, kannst du dir selbst eine Zukunft aufbauen, für die es sich zu leben lohnt.«

Marius ging nur zögernd in die beiden letzten Unterrichtsstunden. Die Zeit verstrich langsam, als hätte irgendeine bösartige Gottheit den Zeitverlauf manipuliert, um ihn zu quälen. Er bemühte sich zwar, dem Lehrer zuzuhören, doch seine Gedanken wanderten immer wieder zu dem Gespräch mit Lawton zurück. Die Worte des Terraners schwirrten ihm nur so durch den Kopf: »Die Comyn sind in einem Auflösungsprozess begriffen ... die nächste echte Krise könnte ihren Untergang einleiten.«

Irgendwie wusste er, dass diese Worte stimmten. Als es ihm klar wurde, flackerten Raum und Zeit vor seinem geistigen Auge auf und veränderten sich. Er sah einen schlanken jungen Mann mit seltsam weißem Haar und vertrauten Comyn-Gesichtszügen vor sich, die wegen seiner Tränen nur ungenau zu erkennen waren. Er blickte auf zwei Säuglinge hinab, die bleich und ohne zu atmen in kleinen Särgen lagen.

Bevor er den Trauernden identifizieren konnte, schob sich ein schrecklicher Gedanke an allen anderen Erwägungen vorbei in den Vordergrund: Lawton hatte Rafe als einen seiner zukünftigen Hoffnungsträger bezeichnet und seine Freundschaft mit Marius in die Wege geleitet. Jedenfalls hatte er das behauptet. Bestand etwa die Möglichkeit, dass Rafe wissentlich an Lawtons Intrige teilgenommen hatte, um ihn anzuwerben?

Oh, ihr Götter, nein! Marius versuchte diese Vorstellung zu verdrängen, aber wie die rasch hereinbrechende Nacht, die seiner Welt den Namen gegeben hatte, konnte er sich dem Gedanken nicht entziehen. Alle Einzelheiten passten nahezu perfekt zusammen: dass Rafe ihn so schnell akzeptiert hatte; die langen Stunden, die sie miteinander verbracht hatten; sogar Rafes Angst vor einer telepathischen Kontaktaufnahme.

Wenn Rafe aufgrund von Lawtons Anweisung sein Freund geworden war, hatte er dies tief unter der Oberfläche seines Bewusstseins verbergen müssen. Möglicherweise war er als Telepath sogar derart geschickt, dass er Marius' Geist sondieren konnte, ohne dass dieser es merkte. Es war furchteinflößend einleuchtend, dass der einzige ihm Gleichgestellte, den er je als Freund bezeichnet hatte, vom ersten Moment ihres Aufeinandertreffens an falsch gespielt hatte.

Marius riss sich zusammen. *Ich werde Rafe nach dem Unterricht treffen,* rief er sich ins Gedächtnis, *und den Versuch machen, mich mit ihm zu verbinden ... Es dürfte ihm unmöglich sein, etwas vor mir zu verbergen, wenn ich die volle Kraft meines Alton-Geistes nutze. Es ist unmöglich. Und dann werden wir einander verstehen.*

Um 15 Uhr ertönte endlich die Glocke, und Marius sprang von seinem Sitz auf. Rafe war wie üblich als Erster an ihrem Treffpunkt und beschäftigte sich damit, Steinchen in den Springbrunnen zu werfen. Als Marius näher kam, lächelte er. Marius beneidete den anderen Jungen um seine Fähigkeit, Gefühle zeigen zu können. Er hatte nie mit den vielen Kindern, die auf den Alton-Ländereien lebten, lachen oder weinen oder, als sie älter geworden waren, an ihren Faxen teilnehmen können.

»Wie war's im Physikunterricht?«, fragte Rafe, dann riss er bestürzt die Augen auf. »Was ist los, Marius? Du bist doch über irgendetwas aufgebracht.«

Marius berichtete von seinem Gespräch mit Lawton und der anschließenden Begegnung mit Lerrys. Rafe stieß einen langen Pfiff aus. »Tja, das erklärt natürlich das Rätsel um deinen unbekannten Beschatter.«

Er wirkt überhaupt nicht überrascht, dachte Marius bedrückt. »Mehr hast du dazu nicht zu sagen?«, fragte er möglichst unbeteiligt.

»Nein, natürlich nicht. Es tut mir nicht Leid, dass es so ein Schock für dich war. Lawton hatte wegen des terranisch-darkovanischen Vertrags schon immer Flausen im Kopf. Es überrascht mich nicht, dass er versucht, dich in seine verrückten Intrigen einzuspannen. Bei deiner Vergangenheit gibst du einen perfekten Agenten ab.«

»Du aber auch«, erwiderte Marius und schaute Rafe direkt in die Augen.

»Was willst du damit sagen?«

Marius hielt sich zurück und hoffte, dass Rafe seine zitternden Hände nicht bemerkte. »Lawton hat von dir gesprochen, als gehörtest du zu seinen Leuten. Er hat dich einen seiner zukünftigen Hoffnungsträger genannt.« Erneut schlich sich Argwohn in seine Gedanken. »Und seine Ziele scheinen dir vertraut zu sein.«

Rafe zuckte zusammen und wich zurück. Die Worte gefroren Marius in der Kehle, doch im Geiste schrie er frustriert: *Ich weiß nicht, was du denkst – aber du lebst seit drei Jahren bei den Terranern. Sie könnten dich verändert haben.*

Rafes Geist wurde plötzlich dunkel. Er lag verborgen hinter einer starken mentalen Abschirmung, als hätte jemand ein Fenster zugemacht und die Fensterläden geschlossen.

»Rafe, blocke mich doch nicht immerzu ab!«, sagte Marius, der Verzweiflung nahe. »Wenn du mir deinen Geist doch nur einmal öffnen würdest ... könnten wir diese missliche Situation klären. Ich tue dir nicht weh, und dir könnte es vielleicht helfen.« Er hielt inne. Rafe musterte ihn mit einem verwirrten Ausdruck, der sich schnell in heftige Empörung verwandelte.

»Wie kannst du es wagen!«, schrie er. »Du willst mich der Hölle aussetzen, damit du deinen schmutzigen Verdacht loswirst? Und außerdem ...« Seine Stimme brach. »Du bist doch jetzt schon überzeugt, dass ich dich im Auftrag des Legaten bespitzelt habe. – Nein!«, brüllte er, als Marius etwas einwenden wollte. »Schweig! Du solltest lieber gehen. Vielleicht kannst du wieder klarer denken, wenn du in deiner gewohnten Umgebung bist.« Er drehte sich um.

Marius packte ihn am Arm. »Du hast nicht mal versucht, es abzustreiten.«

»Lass mich los.« Rafes kalte Stimme war schlimmer als jeder

Wutausbruch. Er wandte sich auf dem Absatz um und kehrte ins Hauptquartier zurück.

Na schön!, knurrte Marius in sich hinein. *Er stiehlt sich also davon und meldet mich bei Lawton. Ich hätte nie zulassen sollen, dass er mein Vertrauen gewinnt, und ich werde es nie wieder tun!*

In den nächsten vier Tagen wurde die Stadt von schlimmen Gewittern erschüttert. Am dritten Abend saß Marius im Hauptsaal am Kamin in den Alton-Räumen. Er beendete die letzte Seite seiner Algebraaufgaben und nahm sich anschließend das Schulbuch zum Thema Imperiumsgeographie vor.

Da bemerkte er einen Schatten neben sich. Als er aufschaute, stand Andres vor ihm und starrte ihn finster an. »Es ist schon spät«, sagte er. »Du solltest bald zu Bett gehen.«

»Ich muss noch fünfzehn Seiten lesen.«

»Man kann es mit der Gelehrsamkeit auch übertreiben, Marius. Wenn du bei diesem kümmerlichen Licht liest, verdirbst du dir noch die Augen. Außerdem brauchst du deinen Schlaf. Wenn du Probleme in der Schule hast, lass dir doch von deinem terranischen Freund helfen.«

Marius brauchte seine gesamte Selbstbeherrschung, um eine gelassene Miene aufzusetzen. Der Streit und Rafes wütender Abgang waren Ereignisse, die er aus seinen Gedanken herauszuhalten versuchte – natürlich erfolglos. Nicht mal sein Vorhaben, sich Lawtons Gruppe anzuschließen, um dafür zu sorgen, dass der Untergang der Comyn noch schneller voranschritt, konnte den Schmerz darüber verdrängen, dass er einen angeblichen Freund verloren hatte.

In ein paar Monaten werde ich mich wahrscheinlich nicht einmal mehr an ihn erinnern, redete er sich ein. *Ich werde nur noch für das Unternehmen leben, zu dem ich mich entschlos-*

sen habe. So ist es besser. Menschen können einen verraten, aber Ideale sind konstant. Er streckte die Beine aus und gähnte. »Rafe hat andere Dinge zu tun. Was hat der Hastur-Lakai denn gewollt?«, fragte er, um das Thema zu wechseln.

Andres trat einen brennenden Scheit, der sich selbstständig gemacht hatte, in die Mitte des Kamins zurück. »Er hat eine Nachricht überbracht, die dich möglicherweise interessiert. Fürst Hastur lässt sich empfehlen und hat uns für die Festnacht zu seinem Ball eingeladen.«

»Aha ... Wie nett von unserem Regenten. Ich glaube, ich werde ihn enttäuschen und seine Einladung annehmen. Die Fürsten und Damen der Comyn sollen wissen, dass ich noch lebe.« Außerdem bot ihm dies eine perfekte Gelegenheit, Lerrys über seinen Entschluss zu informieren.

Plötzlich ertönte ein lautes Klopfen an der Tür. Andres öffnete.

»Verzeiht, dass ich Euch um diese Stunde störe«, sagte ein stämmiger Gardist, »aber hier ist ein Bursche, der unbedingt Fürst Marius sprechen möchte.« Er deutete auf eine schlanke Gestalt in einem grauen Umhang, die draußen auf dem Korridor stand.

»Mal sehen, wer es ist«, knurrte Andres. Die Gestalt im Umhang trat ein und schlug die Kapuze zurück.

»Rafe«, sagte Marius kühl und verfluchte insgeheim die Launen des Schicksals.

»Ich weiß, dass es spät ist«, sagte Rafe, »aber ich wollte dir den Umhang zurückbringen, den du mir geliehen hast. Außerdem muss ich dringend mit dir sprechen – allein.« Seine zurückhaltende Stimme machte dennoch deutlich, wie eilig es ihm damit war.

»Na schön«, sagte Marius. »Ich hatte ohnehin keine Lust mehr zum Lernen.« Er entließ den Gardisten und warf Andres einen demonstrativen Blick zu. Als sie allein im Saal waren, trat Rafe an den Kamin und wärmte seine durchnässten Glieder.

»Na schön, jetzt sind wir unter uns. Was kann ich für dich tun?« Marius sprach terranisch und ohne Rafe anzuschauen.

»Gib mir Zeit, um mich anzuhören«, erwiderte Rafe auf *Cahuenga*. »Dann gehe ich, wenn du willst.«

»Sprich also.«

Rafe holte tief Luft. »Es ist mir nie leicht gefallen, einen einmal gefassten Beschluss zurückzunehmen, aber genau das habe ich getan. Ich weiß nicht, wer in dieser Situation Recht oder Unrecht hat, aber wir waren beide zu wütend, um klar denken zu können ... Du warst zu stolz, um mir im Unterricht auch nur einen Blick zu schenken, und auch ich habe mich schuldig gemacht ... als ich dich fortgeschickt habe. Heute Abend ist mir klar geworden, dass es so nicht weitergehen kann.« Er hielt inne.

Marius spürte die Angespanntheit des Jungen und auch seine eigene. Sie fiel jedoch von ihm ab, als Rafe weitersprach: »Man hat dich schlecht behandelt, deswegen nehme ich an, dass es dir leicht fiel zu glauben, ich hätte dich belogen. Tu, was du tun musst, um dich zu überzeugen, dass ich wirklich dein Freund bin. Wenn eine hundertprozentige Verbindung dazu dienlich ist, dann ... lass es uns versuchen, und zwar bald, damit keiner von uns länger als nötig zweifelt. Das bist du mir schuldig.« Er hörte auf zu reden. Im Licht des Feuers sah Rafe sehr müde aus, fast am Ende seiner Kräfte, und es schmerzte Marius, ihn so zu sehen.

Marius setzte seine Matrix ein und tastete sich zu Rafes Bewusstsein vor: Furcht und Hoffnung wechselten in schnellem Tempo, und er fing den Rest eines Gedankens auf: *Er muss mir einfach glauben! Ich kann ihn nicht verlieren wie alle anderen. Oh, Lastenträgerin, lass mich stark sein für das, was wir zusammen tun müssen!*

Marius war ergriffen. Die ganze sorgfältig aufgebaute Gleichgültigkeit, die er Rafe entgegenbrachte, schmolz wie das Wachs einer brennenden Kerze dahin. Er wusste, dass Rafe entsetzliche Angst vor einer tieferen telepathischen Verbindung hatte, und doch war er bereit, sie seinetwegen zu ertragen. Konnte es einen besseren Beweis seiner Freundschaft geben?

Marius durchquerte den Raum und legte eine Hand auf Rafes Schulter. »Es besteht kein Grund, dich einem solchen Schmerz auszusetzen. Ich weiß, dass du dazu bereit bist. Und das reicht mir.«

»Nein«, erwiderte Rafe, »es reicht eben *nicht!* Lass uns jetzt den Stein schleifen. Noch heute Abend, wenn du möchtest.«

Wenn es dir so wichtig ist ... dachte Marius. Und er fügte hinzu: »Aber nicht jetzt. Wir sind beide zu müde. Bleib heute Nacht hier, dann können wir es morgen früh versuchen. Die Schule soll zur Hölle fahren! Selbst Totengräber haben das Recht, sich krank zu melden. Außerdem werden wir uns wirklich krank fühlen, wenn wir es hinter uns haben.«

Nach dem Frühstück stöberte Marius in der Vorratskammer herum, bis er eine *Kirian*-Reserve fand, jene Droge, die man einsetzte, um bei telepathischen Kontaktaufnahmen den Widerstand zu schwächen. Er maß eine sichere Dosis ab und füllte sie in eine kleine Phiole.

Rafe erwartete ihn schon; er saß mit übereinander geschlagenen Beinen angespannt auf Marius' Bett. Er lächelte matt, als er die Phiole hob, seinem Freund ironisch zuprostete und sie in einem Zug leerte. Wenige Augenblicke später, als das *Kirian* seine Wirkung entfaltete, weiteten sich seine Pupillen. Er war jetzt bereit.

Marius nahm den Sternenstein aus der Schutzhülle und legte ihn auf seine Handfläche. Er konzentrierte sein Bewusstsein auf den Stein und ließ sich von der Strömung zu Rafe tragen. Bald spürte er die gleichmäßigen Atemzüge seines Freundes, seinen beständigen Herzschlag und das durch seine Adern rauschende Blut. Sie näherten sich einander und erblickten die gleichen Bilder: die Schatten zweier sich umarmender Jungen, See-Turmfalken, die aus dem Springbrunnen vor dem Hauptquartier ein und aus flogen. Die gedachten Worte schossen wie Blumen aus Rafes Bewusstsein hervor: *So schlimm ist es gar nicht.*

Rafe saugte Marius' gesamte Frustration in sich auf: die alte Schande der unverdienten unehelichen Geburt, der in Armida zurückgebliebene Friede, seinen tief verwurzelten Zorn auf die Comyn.

Wie kann man mit einem solchen Hass leben, ohne wahnsinnig zu werden?, fragte Rafe.

Ganz einfach. Er ist ein Teil von mir.

Marius übernahm wieder die Kontrolle und erforschte das Bewusstsein seines Freundes genauer. Einige Einblicke in Rafes Kindheit erwärmten sein Herz: Da seine Eltern seit seinem siebenten Lebensjahr tot waren, war Kermiac, der alte Fürst Aldaran, ihm und seinen Geschwistern ein guter Pflegevater gewesen. Er hatte eine glückliche Kindheit verbracht und war bei Terranern und Darkovanern gleichermaßen bekannt und beliebt.

Bevor Marius jedoch mehr sah, machte Rafes Bewusstsein einen Sprung in seine jüngere Vergangenheit, in die drei Jahre in der terranischen Zone. Damals hatte er versucht, sämtliche Spuren seiner darkovanischen Vergangenheit zu verwischen. Marius bemühte sich, die dazwischenliegenden Jahre zu finden, und stieß auf den vertrauten Widerstand, auf ein geschlossenes Buch, eine hohe Mauer, den Geruch von Entsetzen auf den Geisteswinden. Rafe war unfähig, die Erinnerung an diesen Abschnitt seiner Vergangenheit zuzulassen.

»Ich weiß nicht, ob ich über die Alton-Gabe des erzwungenen Rapports verfüge, deswegen musst du mir helfen, die Barriere zu überwinden. Es wäre nett, wenn du dich wenigstens nicht wehrtest.«

Rafe entspannte sich und versuchte sich völlig zu öffnen. Im gleichen Augenblick konzentrierte Marius seine ganze telepathische Kraft wie einen Lichtstrahl und durchdrang so die Abschirmung. Er drückte sich tief in die Gedanken seines Freundes hinein und spürte, dass Rafe ihre neue Verbindung akzeptierte. Dann waren alle Barrieren geöffnet. Er war Rafe und erlebte erneut das Grauen jener finsteren Zeit ...

Sie waren eine verschworene Gemeinschaft auf Burg Aldaran: Rafe, Marjorie, Lew, Thyra, Bob und Beltran – in starken Banden der Verwandtschaft und Liebe vereint. Rafe war nicht mal neidisch auf Lews Liebe zu Marjorie, der von ihm vergötterten Schwester, denn der Ältere behandelte ihn wie einen kleinen Bruder. Sie hatten sich zu einem Telepathenkreis verbunden und Sharra erweckt. *Sharra!* Die uralte Göttin der Schmiede, deren irdischer Mittelpunkt eine riesige Matrix war, die sich im Knauf eines Schwertes befand.

Kurz danach brach Rafe unter den einsetzenden Qualen der Schwellenkrankheit zusammen. Sein Pflegevater, Fürst Kermiac, war im Schlaf gestorben. Rafes unsteter Geist hatte seine Verwandten gesucht, doch nur die dämonische Kraft Sharras gesehen, die sie dazu gebracht hatte, sich gegeneinander zu wenden: Marjorie schrie, als Bob mit seinen langen, beringten Händen auf Lews Gesicht einschlug. Rafe spürte, dass Lews Herz sich in heißem Schmerz zusammenpresste und stehen blieb, als Bob ihm die Matrix vom Hals riss.

Dann folgten zwei Tage (für Rafes von der Krankheit verwirrten Geist vielleicht auch zwanzig) voller Alpträume, als Sharras Flammen wuchsen und das in ihm erblühende *Laran* seine Sinne weitete. Viele Fremde versammelten sich auf Burg

Aldaran und vereinten ihren Geist, um die Göttin der Schmiede zu entzücken. Ganze Wogen von Hass, die Sharra in einem enormen Erguss telepathischer Energie verströmte, hüllten alle versammelten Geister ein. Dann war Beltran, fast wie ein Gespenst, zu Rafe gekommen und hatte ihn ermahnt, in seinem Zimmer zu bleiben und jene Krankheit vorzutäuschen, die längst von ihm Besitz ergriffen hatte.

Und dann waren die Alpträume wahr geworden.

In seinem Zimmer versteckt, hielt Rafe die ständige Verbindung mit Sharras Kreis aufrecht. Die Göttin lauerte im Hintergrund jedes Bewusstseins, zu dem er Kontakt aufnahm, und er konnte sich nicht vor ihr verstecken. Sie zog ihn enger und enger an ihr flammendes Herz. Während er unter seiner Decke zitterte, sprengten Sharras Flammen die Stadt Caer Donn, und in der darauf folgenden Nacht ließ man sie noch einmal auf die heimgesuchte Stadt los. Während die schrecklichen Feuer tobten, versetzte Lew Sharra einen tödlichen Schlag, indem er sich selbst in die Matrix stürzte. Dabei durchbohrte er jedoch auch Marjorie, die Bewahrerin des Kreises.

Sharra war weg und ließ nur das Feuer zurück, den Rest ihres Zorns. Aus großer Entfernung spürte Rafe die unerträglichen Schmerzen seiner Schwester und ihren gnadenvollen Tod. Irgendetwas zerbrach in ihm, und er folgte ihr in die Finsternis.

Rafe erwachte in einer Burg, die nach Rauch stank und wo es von terranischen Soldaten und Gardisten der Comyn aus dem Tiefland nur so wimmelte. Bob und Thyra waren fort, und Beltran wollte ihm nicht in die Augen schauen. Rafe bat die Terraner, ihn von Aldaran fortzubringen, was sie auch taten. Auf der anderen Seite der Welt wollte er ein neues Leben als Kind des terranischen Imperiums beginnen, doch die dämonische Gestalt Sharras zerschmetterte wieder und wieder seine friedlichen Träume. Dann hatte er einen Jungen seines Alters kennen gelernt, dessen Existenz eine Verbindung zu seinen halb verschütteten Erinnerungen herstellte: Lews jüngeren Bruder, der sein Freund geworden war ...

»Und ich bin es noch immer«, versicherte Marius ihm, als er sich von der Erinnerung löste. »Rafc, sind deine Rolle während der Sharra-Rebellion und die Zerstörung, die sie hervorgerufen hat, die Gründe dafür, dass du dich von Darkover abgenabelt hast?«

Sämtliche Fasern von Rafes Körper schienen sich zu entwirren. In einem sengenden Crescenco schrie seine mentale Stimme wie ein entsetztes Kind auf. *Darkover? Ich hasse Darkover! Darkover hat all diejenigen pervertiert, die ich geliebt habe. Darkover hat mein Heim vernichtet! Darkover hat mir Marjorie genommen! Ich möchte so weit wie möglich von dieser Zandru-Welt weg und nie wieder zurückkommen!*

Marius spürte, dass er in Rafes Qualen förmlich ertrank, und so griff er verzweifelt wieder hinaus und öffnete seinen Geist, um die Gefühle seines Freundes voll empfangen zu können.

Wir sind wie ein Ganzes – jeder trägt einen Teil der Pein, also lass sie ruhig fließen. Ich bin der Berg, du bist der Strom. Du wirst meine Oberfläche formen, ich werde dich tragen. Wir werden bis in alle Ewigkeit eins sein!

Zahllose Jahre schienen zu vergehen, während deren ihre Geister miteinander verschmolzen. Sie waren in dieser besonderen Verbundenheit völlig verklärt. Kurz tauchte ein Bild zwischen ihnen auf: Marius stand vor einem mannshohen Spiegel. Er hatte die Hände ausgestreckt, ebenso wie Rafe, der auf der anderen Seite weilte, und sie gingen aufeinander zu, bis ihre Handflächen sich durch das kalte Glas berührten. In einem kurzen, aber sehr klaren Anflug von Selbsterkenntnis erkannten sie, dass sie trotz aller Unterschiede aus dem gleichen Holz geschnitzt waren.

Ich habe mich in den letzten drei Jahren dermaßen davor gefürchtet, jemanden kennen zu lernen und zu mögen, der mir wie Marjorie wieder entrissen wird, dass ich ...

Und ich, erwiderte Marius, *habe mich nie getraut, jemanden an mich heranzulassen. Ich bin für mich allein geblieben, weil ich geglaubt habe, sobald ich jemandem mein Vertrauen schenke, lässt er mich ebenso wie Lew und mein Vater allein.*

Die alte Einsamkeit und die Verwirrung wogten zwischen ihnen.

Es ist schon in Ordnung, Marius. Du wirst nie wieder allein sein. Ich bin bei dir.

Elf Tage später kam der Mittsommertag. Rafe erklärte sich einverstanden, als Marius' Gast am Festball teilzunehmen, der jährlichen Versammlung der Comyn und des niedrigeren Adels der Sieben Domänen. In Feiertagslaune schwänzten sie die letzte Unterrichtsstunde und kauften sich bei einem Straßenhändler in der Altstadt Gebäck.

»Heute Abend geht es heiß her«, sagte Marius kauend. »Bist du darauf vorbereitet, bis zum Morgengrauen zu tanzen?«

»Ich hab meine Tanzschuhe zwar in Aldaran gelassen«, erwiderte Rafe, »aber ich werde versuchen, mich an die richtigen Schritte zu erinnern ... Sag jetzt bloß nicht, du hast die Einladung angenommen, um dich auf dem Tanzboden zu vergnügen.« Er hielt inne, dann schickte er eine Frage in Marius' Geist. *Warum hast du mich überhaupt eingeladen? Ich kenne mich doch mit den Gebräuchen von euch Tiefenländlern gar nicht aus.*

Die Verbindung zwischen ihnen war so stark, dass Marius nicht mal wusste, ob er mit Worten oder Gedanken antwortete. »Ich habe mich immer bemüht, auf eigenen Beinen zu stehen, oder zu tanzen. Aber ich weiß, dass ich heute Abend deine Unterstützung brauchen werde, wenn ich mich der typischen Comyn-Häme stelle.«

Am gleichen Abend schaute Rafe in den Räumen der Altons einem Schneider zu, der Marius' Kostüm den letzten Schliff verlieh. Die meisten jüngeren Angehörigen des Adels zeigten sich in der Mittsommernacht in ungewöhnlichen Kleidern. Marius hatte eine extravagante Galauniform, wie sie die Gardekommandanten im Zeitalter des Chaos getragen hatten.

»Du gibst wirklich eine imposante Gestalt ab«, bemerkte sagte Rafe aufgedreht. Marius' Anzug bestand aus einer grünen Samtuniform mit ausgestellten Ärmeln und silbernen Biesen, pelzumsäumten Stiefeln und einem langen, schwarzen Umhang.

»Ich habe die Uniform in einem alten Buch über Varzil den Guten entdeckt«, erklärte Marius, als der Schneider gegangen war. »Meine Vorfahren haben solche Kleider getragen. Heute Abend soll sie die Comyn daran erinnern, wie viel sie den Altons schulden.«

Rafe runzelte die Stirn, und Marius fing seine unausgesprochene Frage auf: *Wohin, glaubst du, wird dein Zorn dich wohl noch bringen?*

Marius zuckte zusammen, entspannte sich jedoch sofort wieder. Zumindest Rafe hatte das Recht, ihm eine solche Frage zu stellen. »Fürst Hastur hat mich in seiner unendlichen Weisheit in die terranische Zone geschickt. Er hat zweifellos gehofft, dass ich auch dort bleibe, statt unter Gabriels Regentschaft in Armida herumzulungern ... Hastur, Gabriel und die anderen Comyn-Tyrannen sähen es viel lieber, wenn Kennard Altons terranischer Bastard von der Bildfläche verschwände und bald schon vergessen wäre. Deswegen schließe ich mich Lawtons Gruppe an und helfe mit, diese Welt auf einen Regierungswechsel vorzubereiten. Ich werde umfassend Gelegenheit haben, dafür zu sorgen, dass die Comyn sich selbst vernichten! Und wenn sie es tun, nehme ich mir, was mir gehört – die Alton-Domäne. Alle, die mich daran hindern wollen, sollen in Zandrus kälteste Hölle fahren!« Marius fühlte sich wirklich stark, denn er war von Entschlossenheit und dem Feuer gerechten Zorns erfüllt.

Rafe unterbrach ihre Verbindung, als hätte er sich an einem glühenden Eisen verbrannt, und richtete seine Aufmerksamkeit auf die Verschlüsse seines Kostüms. Er wollte sich als Jäger aus den Bergen verkleiden, und dazu gehörte eine Mütze aus Wolfsfell.

In diesem Moment trat Andres ein. »Seid ihr noch nicht fertig?«, fragte er ungeduldig. »Marius, man könnte dich fast für eine nervöse Jungfer halten, die sich zu ihrer Verlobung ankleidet! Wenn du schon beschlossen hast, Hasturs Einladung anzunehmen, solltest du ihm auch die Ehre erweisen, pünktlich zu erscheinen!« Dann wurde sein Tonfall sanfter. »Vergnügt euch, ihr beiden. Marius, achte darauf, dass du vor dem Essen nicht zu viel trinkst.«

Der Junge errötete. *Ich will zur Hölle fahren, wenn Andres nicht der einzige Mensch auf der ganzen Welt ist, der mich dazu bringen kann, dass ich mir wie ein kleiner Junge vorkomme.*

»Ich habe dich noch nie erröten sehen«, sagte Rafe lachend. »Ich hätte nicht mal geglaubt, dass du es kannst. Du hast dich immer so sehr unter Kontrolle.« Sein Humor war ansteckend, und so musste Marius ebenfalls lachen.

Als Marius und Rafe den großen Ballsaal betraten, hatten die professionellen Tanztruppen ihre Vorstellung bereits begonnen. Dem ersten Tanz, einer komplizierten Carole, folgte ein anstachelnder Acht-Mann-Ringtanz aus den Kilghard-Bergen.

»Ihr Götter, wie lange habe ich keine Menschen mehr tanzen sehen!«, rief Rafe aus, als er den herumwirbelnden Gestalten zuschaute.

»Nachdem wir dem alten Hastur unseren Respekt erwiesen haben, suche ich dir jemanden, mit dem du tanzen kannst«, versprach Marius und führte ihn durch die Menge.

Danvan Hastur von Hastur war mit seinem schneeweißen Haar und seinem stechenden Blick eine beeindruckende Persönlichkeit. Wenigstens Rafe musterte ihn ehrfürchtig. Marius war von der würdevollen und freundlichen Fassade des alten Fürsten weniger gerührt. Er stellte seinen Freund auch Gabriel Lanart-Hastur vor, einem gut gebauten Rotschopf, der den ganzen Abend über eine militärische Haltung einnahm. Gabriel war zwar ziemlich höflich, doch seine Gattin Javanne gab sich nicht die geringste Mühe, ihre Antipathie zu verbergen.

»Gabriel ist ein entfernter Vetter von mir«, erklärte Marius Rafe, als sie zum Büfett schritten. »Er ist Telepath und mit einer Enkelin Hasturs verheiratet. Als mein Vater mit Lew fortging, hat der Rat ihn zum Regenten der Alton-Domäne gemacht. Gabriels ältester Sohn ist damit in der glücklichen Lage, Alton einmal zu erben, falls mein Vater auf einem anderen Planeten stirbt ...« Er hielt inne, da ihm bewusst wurde, dass seine unausgesprochene Verärgerung Rafe Sorgen bereitete. »Sieht ganz so aus, als wäre es heute Abend sämtlichen Comyn und Adeligen gelungen, hierher zu kommen«, fuhr er sanfter fort. »Ich werde dir einige Leute zeigen. Die beiden Offiziere da drüben am Fenster, die sich der Matronen und Fürstenwitwen erwehren ... Siehst du sie? Der stattliche Rotschopf ist Regis Hastur, der Sohn und Erbe des Alten. Der dunkelhaarige ist Danilo Syrtis. Man hat ihn vor einigen Jahren zum Regenten von Ardais gemacht. Da ist auch Lerrys Ridenow; er unterhält sich gerade mit der kleinen Blonden ... Gardisten müssen auf solchen Bällen in Uniform erscheinen, auch wenn sie dienstfrei haben. Schau mal, da steht Dyan Ardais in Kommandanten-Galauniform!«

Marius hatte Dyans Namen kaum ausgesprochen, als der Fürst von Ardais auf die Ecke zusteuerte, in der er und Rafe standen. Neben ihm schritt wie eine Hauskatze Felix Aillard einher.

»Ich wünsche dir ein vergnügliches Fest, junger Lanart«, sagte Dyan und musterte Marius mit seinen eigenartig farblosen Augen vom Scheitel bis zur Sohle. »Oder sollte ich *junger Kommandant* sagen? Diese Versammlung von Blaublütigen ist mit zweien statt einem Gardekommandanten tatsächlich gut beschützt!«

Marius entspannte sich. Irgendwie gefiel ihm Dyans Wortgefecht, auch wenn der Bergfürst bekannt dafür war, dass er den meisten Menschen Unbehagen einflößte.

Rafes Gedanke schwirrte durch seinen Geist: *Er schätzt uns ab, als wolle er herausbekommen, wer der preisgekrönte Hengst ist!*

»Darf ich Euch meinen Freund Rakhal vorstellen, Fürst Ardais?«, sagte Marius freundlich. »Er ist ein entfernter Verwandter von mir aus Aldaran.«

Dyan verbeugte sich elegant, doch Felix nutzte den Augenblick, um das Wort zu ergreifen. »Er lügt, Herr! Der Bursche ist ein Terraner aus der Handelsstadt!«

»Du solltest deine Worte überdenken, bevor du einen Alton der Lüge bezichtigst«, erwiderte Marius. »Ich habe die Wahrheit gesagt und bin gern bereit, sie vor jedem in einem Turm ausgebildeten Telepathen zu wiederholen.«

»Du kannst dich schwerlich einen Alton nennen«, setzte Felix nach, und sein Gesicht rötete sich vor Wut und Wein.

Dyan schnitt ihm mit einer jähen Geste das Wort ab. »Felix, du solltest deine Zunge hüten.«

Bevor der Junge etwas erwidern konnte, versetzte Dyan ihm einen sanften Klaps auf die Wange. »Meine Kehle ist ziemlich ausgedörrt. Hol mir doch ein Glas Wein.« Nachdem Felix sich davongemacht hatte, wandte Dyan sich Marius zu. »Es ist lange her, seit wir uns zuletzt gesehen haben, Verwandter. Du bist ziemlich groß geworden. Hast du irgendetwas Neues von deinem Vater gehört?«

Sadistischer Schweinehund, empfing Marius Rafes Gedanken. »Nein«, erwiderte er. »Habe ich nicht.«

Einen Augenblick lang flackerte in Dyans Falkenblick so etwas wie ehrliches Bedauern auf. »Wie schade. Die Tiefen des Weltraums sind gewaltig und die Klüfte zwischen den Welten unermesslich.« Der Spruch war unter den darkovanischen Sprichwörtern ziemlich neu. »Viel Vergnügen, Jungs«, fügte er hinzu und ließ die beiden stehen.

Der erste Tanz war eine bedächtige Pavane. Fürst Hastur gab den Takt an und erwählte eine zerbrechliche, dunkelhaarige Frau im scharlachfarbenen Gewand einer Bewahrerin zu seiner Partnerin.

»Meine Base Callina«, informierte Marius seinen Freund. »Sie ist Bewahrerin im Turm von Arilinn und Herrin der Domäne Aillard.« Da kam ihm eine Idee. »Callinas jüngere Schwester Linnell wurde in Armida ausgebildet. Wir sind zusammen aufgewachsen. Als mein Vater fortging, hat der Rat sie Callina als Mündel übergeben. Vielleicht ist sie heute Abend auch hier.«

Marius bediente sich am Büfett mit Sarmnüssen und Melonenbällchen. Nachdem er dafür gesorgt hatte, dass auch Rafes Teller gefüllt war, fuhr er damit fort, jene Tänzerinnen und Tänzer zu benennen, die er erkannte. Leider war ihm keins der jungen Mädchen vertraut, und eine Jungfer aus den Domänen würde nicht einmal an einem solchen Festabend mit einem völlig Fremden tanzen. Wenn er sich ihnen selbst vorstellte, nahmen sie gewiss an, dass ein junger Mann seiner Kaste, der nicht bei der Garde diente, ernsthafte Schwächen hatte. *Verflucht sei die kollektive Wahrnehmung der Comyn!*, schimpfte er wenigstens zum hundertsten Mal vor sich hin.

Rings um sie her erblickte er Gardisten und Kadetten, die sich vor jungen Frauen verbeugten, um sie zur Tanzfläche zu führen. Ihm selbst war es egal, denn er war daran gewöhnt, unter den Comyn ein Außenseiter zu sein. Aber er wollte, dass Rafe sich vergnügte und wie ein Darkovaner trank und tanzte. Obwohl ihre mentalen Barrieren, wie für Telepathen bei großen Menschenmengen üblich, waren, spürte Marius Rafes mitfühlende Reaktion. Er konnte Mitleid zwar nicht ausstehen, doch das Gefühl seines Freundes erwärmte ihn wie ein zusätzlicher Umhang.

»Mach dir keine Sorgen über deine Gastgeberpflichten«, versicherte Rafe ihm. »Ich könnte mich nicht besser amüsieren.« Er lachte. »Bei all dem Essen, der Musik und dem Tanz fühle ich mich wie ein Kind auf einem Volksfest! Es gibt so viel zu tun, dass ich kaum weiß, wo ich anfangen soll.« Plötzlich erstarrte er. »Marius, schau mal, da drüben, in der Ecke, gleich neben den Vorhängen. Nein, nicht sofort, mach es ganz beiläufig! Die Frau da, in dem weißen Kleid. Sie beobachtet uns.«

Marius spähte mit gebührender Vorsicht über die lange Tafel hinweg. Eine hochgewachsene Frau mit rötlich braunem Haar musterte Rafe und ihn tatsächlich mit mehr als nur gelangweilter Neugier. »Ich hab doch gesagt, dass du in deinem Aufzug ziemlich eigenartig wirkst«, witzelte Rafe. »Den Frauen aus dem Tiefland gefallen wohl Männer in Uniform. Gehen wir doch mal rüber und unterhalten uns mit ihr.«

»Rafe, sie ist mindestens zehn Jahre älter als wir! Wahrscheinlich hat sie einen eifersüchtigen Gatten, der uns schon zum Duell herausfordert, wenn wir sie nur anschauen oder auch nur an sie denken!«

»Wir können sie trotzdem begrüßen und ihr ein fröhliches Fest wünschen. Daran ist doch nichts Schlimmes. Außerdem kann ich Immunität beanspruchen, da ich *chaireth* und mit den Tiefenlandbräuchen nicht vertraut bin. Und *dich* kann sowieso niemand herausfordern, weil du erst in dreißig Tagen erwachsen wirst.«

In diesem Moment rief eine weibliche Stimme: »Marius!«, und ein schlankes Mädchen in einem traditionellen grünen Mittsommergewand kam von der anderen Seite des Ballsaals auf sie zu.

»Endlich hat unsere Pechsträhne ein Ende«, sagte Rafe dankbar. »Ich gehe mal und hole uns etwas Wein.«

Der hüpfende Gang der jungen Frau kam Marius zwar vertraut vor, aber er erkannte erst, wen er vor sich hatte, als sie direkt neben ihm stand und sich demaskierte. Sein Herz machte einen Sprung. Rötlich braunes Haar, große, blaue Augen, ein zurückhaltendes Lächeln und ein herzförmiges Antlitz – *Linnell!* Er fasste sie an den Schultern und küsste sie auf beide Wangen.

»Fürst Hastur hat Callina erzählt, dass du hier bist«, sagte Linnell außer Atem. »Da konnte ich natürlich nicht mehr stillsitzen, bis ich dich gefunden hatte.« Sie zerzauste sein Haar und lächelte. »Du bist ja einen Kopf größer als ich! Ich kann gar nicht glauben, dass du jetzt ein Mann bist.« Dann murmelte sie mit leiser Stimme: »Ich habe von der Weigerung des Rates gehört, dich zu den Kadetten gehen zu lassen. Was für eine Schande! Aber sag mal, was hast du von deinem Vater und Lew gehört?«

»Nichts«, erwiderte Marius. Dann zwang er seine Stimme zu etwas mehr Fröhlichkeit. »Andres sagt, dass es sehr schwierig ist, Nachrichten durch den Weltraum zu senden.«

Linnells Gesicht war so wehmütig wie an dem Tag, an dem Lew Armida verlassen hatte, um sich dem Turmkreis von Arilinn anzuschließen. Das war jetzt sieben Jahre her. Die Erinnerungen an die sorglose Zeit, in der er mit Lew und Linnell auf den Wiesen von Armida herumgetobt war, brachte ihn dazu, nach ihrer Hand zu greifen und sie festzuhalten.

»Ich wünsche mir diese Zeit so sehr zurück«, kam das Echo, als sie ihre Gedanken mit der leisen Stimme eines kleinen Mädchens aussprach. »Ich würde deinen Vater und Lew so gerne wiedersehen, damit wir alle zusammen heimkehren können ...«

»*Chiya*, mir geht es nicht anders. Ich kann gar nicht sagen, wie sehr ich mich danach sehne. Aber die Welt bewegt sich, wie sie will, und nicht so, wie wir es wünschen«, sagte er und verschloss damit die Tür zu den sonnenbeschienenen Stunden der Kindheit. »Ich wusste gar nicht, dass du über *Laran* verfügst«, fuhr er fort und ließ ihre Hand wieder los.

»Es hat sehr lange gedauert, bis ich es spürte. Nach Mittwinter bekam ich die Schwellenkrankheit, also hat man mich nach Arilinn geschickt. Dort bin ich seither gewesen. Meine Kräfte sind aber nicht im Geringsten mit denen Callinas zu vergleichen. Meine empathische Gabe reicht gerade mal aus, mich zu einer anständigen Psi-Überwacherin zu machen.«

Marius grinste. »In einer Hinsicht hast du dich überhaupt nicht verändert, Linna. Du bist noch immer übertrieben bescheiden.«

Rafe kehrte mit zwei Gläsern Weißwein zurück und setzte ein breites Lächeln auf, als er Linnell erblickte.

»Liebste Schwester«, sagte Marius und drückte seine Fingerspitzen in die Schulter des Mädchens, »das ist mein Freund Rakhal. Rafe, darf ich dir meine Pflegeschwester Linnell Lindir-Aillard vorstellen?«

»*S' dia shaya, Damisela*«, erwiderte Rafe und machte eine tiefe Verbeugung. Das unsichtbare Orchester wählte genau diesen Moment aus, um zu einem neuen Tanz aufzuspielen.

Rafe warf Marius einen raschen Blick zu, dann holte er sichtlich tief Luft und fragte: »Wollt Ihr mir die Ehre dieses Tanzes erweisen, *Damisela*?«

Linnell willigte mit einem liebenswürdigen Lächeln ein.

Rafe war trotz der mangelnden Übung ein guter Tänzer; mehr als ein neidischer Kopf drehte sich, um ihn zu beobachten, als er Linnell durch die komplizierten Schrittfolgen führte. Marius wusste als Einziger, wie nervös sein Freund jedes Mal wurde, wenn er in Linnells dunkelblaue Augen schaute. *Wie schade, dass sie schon versprochen ist,* dachte Marius. *Rafe könnte in allen Sieben Domänen kein lieberes Mädchen finden!*

»Entschuldigt, junger Herr.« Eine weibliche Stimme unterbrach seine Träumerei. »Habt Ihr Lady Aillard gesehen?«

Marius hob in freudiger Überraschung eine Braue, denn vor ihm stand die Frau in Weiß, die sie zuvor beobachtet hatte. Obwohl sie offensichtlich doppelt so alt war wie er, war sie eindeutig die schönste Frau, die er je gesehen hatte.

»Lady Callina hat mit Fürst Hastur getanzt«, erwiderte er, »aber jetzt sehe ich sie nicht mehr auf der Tanzfläche. Darf ich Euch an ihrer Stelle meine Dienste anbieten?«

Das Lächeln der Frau war aufgesetzt. »Danke. Ich wollte ihr, bevor ich gehe, noch ein vergnügliches Fest wünschen.«

Marius erspürte im Bewusstsein der Frau einen Schmerz, der ihm wie eine pulsierende Wunde erschien. In einer eigenartig telepathischen Berührung erhaschte er einige Gedankenfetzen: *Heute Abend ist es genau ein Jahr her ... Es ist passiert, als ich hier war und getanzt habe ...* Dann schloss sich ihr Geist mit einem jähen Schlag.

»Verzeiht«, sagte sie leise und mit plötzlich erbleichendem Gesicht. »Ich hatte kein Recht, Euch mit meinem privaten Kummer zu behelligen. Ich bin eine Schande für meinen Turm, wenn ich meine Abschirmung auf diese Weise zusammenbrechen lasse.« Sie wandte sich um, als wollte sie gehen.

»Ihr könnt ruhig bleiben, werte Dame«, sagte Marius. »Ich bin zwar Telepath, wurde aber nicht in einem Turm ausgebildet. Ich kann nichts dagegen machen, dass ich manchmal Gedankenfetzen aufnehme. Und in einer so großen Menschenmenge ist es nicht leicht, mich ständig abzuschirmen. Es war eher mein Fehler als der Eure.«

Nach einer Weile lächelte die Frau wieder. »Ihr seid sehr freundlich ... Wart Ihr letztes Jahr in der Festnacht nicht hier?«

»Nein, dies ist meine erste ...« Marius verwünschte sich. Nun musste sie wissen, wer er war!

»Ich hätte Euch für älter gehalten«, sagte sie und schätzte sein Äußeres mit einem raschen Blick durch ihre langen Wimpern ab.

Um sein plötzliches Unbehagen zu verbergen, verbeugte Marius sich und stellte sich vor. Er war erleichtert, da sie weder Erschrecken noch Geringschätzung zeigte. »Ich habe Euren Bruder gekannt«, sagte sie, »als er in Arilinn war. Mein Geist ist dem seinen bei Übertragungen oft begegnet. Ich bin Coryssa Aillard, Psi-Überwacherin im Turm von Dalereuth.«

Marius nahm seinen ganzen Mut zusammen und frage: »Nun, da wir einander kennen ... Glaubt Ihr, wir könnten miteinander tanzen?« Er war sich der überraschten Blicke der ihn umgebenden Gardisten bewusst, als Coryssa den Arm nahm, den er ihr hinhielt, und jubilierte innerlich. *Sollen sie doch gaffen! Die schönste Frau auf diesem Ball tanzt mit mir!*

Als die Musik wieder einsetzte, nahmen Marius und Coryssa auf dem Tanzboden ihre Plätze ein. Sie waren ringsherum von ähnlichen Paaren umgeben, alle mit erröteten Gesichtern, leuchtenden Augen, ausgestellten Umhängen. Die Gewänder der Damen raschelten, als sie über den Boden strichen. Als der fröhliche Rhythmus sie vorantrieb, war Marius sich Coryssas

Körper und seines eigenen mehr als deutlich bewusst. Mit einer leichten mentalen Bewegung suchte er Rafe und spürte, dass seine Aufregung sich im Geist seines Freundes widerspiegelte.

Schwungvolle Flötenmusik erklang und Marius nahm zögernd die Hände von der Taille seiner Partnerin. Coryssas Hand auf seiner Schulter wurde zur Faust, und er bemerkte, in welche Richtung ihr besorgter Blick wanderte: Felix Aillard beobachtete sie aus einer Ecke heraus, er schaute sie nicht an, er starrte, einen gemeinen Zug um den Mund.

»Es ist zu warm hier«, sagte Coryssa. »Ich setze mich ein wenig an das offene Fenster neben dem Bogengang. Könnt Ihr mir ein Glas *Shallan* holen?«

Bevor Marius ein Wort sagen konnte, war sie weg. Ihm war klar, dass Felix' unverschämtes Starren sie verärgert hatte. Er schaute sich im Saal nach Rafe um und registrierte erleichtert, dass er sich mit Linnell und zwei anderen jungen Mädchen unterhielt.

Coryssa saß auf der Bank am Fenster und kühlte sich mit einem Fächer ab, den sie in der Hand hielt. Als Marius ihr das Glas brachte, lächelte sie.

»Nehmt doch Platz«, sagte sie. »Es ist Jahre her, seit ich mehrere Tage in Thendara verbracht habe. Dalereuth liegt so weit im Süden, dass wir monatelang darauf warten müssen, bis wir jene Neuigkeiten hören, die uns nicht durch die Übertragung erreichen. Sagt mir, ist es wahr, dass es dem Rat gelungen ist, mit den Terranern ein ganzes Jahr Frieden zu halten? Dass es zu keinem einzigen Zwischenfall gekommen ist?«

Marius erläuterte ihr den gegenwärtigen Grenzverlauf zwischen Alt-Thendara und der terranischen Handelsstadt. Coryssas grüne Augen schien zu strahlen, während er sprach, was es ihm erschwerte, deutlich zu reden. Rafes plötzliches Auftauchen war eine willkommene Ablenkung. Nachdem er sich vorgestellt hatte, hielt er Coryssa einen Teller mit Süßigkeiten hin.

»Wollt Ihr mich etwa mästen?«, fragte sie scherzhaft.

»*Vai Domna,* das würde mir wohl kaum gelingen!«, versicherte Rafe ihr. Sie lachte und griff nach dem Teller.

»Nein, was für ein schönes Bild!«, wurden sie von einer groben Stimme unterbrochen. Felix Aillard ragte leicht schwankend vor ihnen auf.

Marius erhob sich, doch Coryssa ergriff als Erste das Wort. »So ist es, Felix. Und du kannst gerne ein Teil davon sein.« Sie sprach freundlich und hielt ihm den Teller hin. Doch Felix schlug ihn ihr aus der Hand, so dass er auf den Boden krachte. Marius legte eine Hand auf seinen Dolch, aber Coryssa gab ihm mit einer Geste zu verstehen, er solle sich zurückhalten.

Lass sie versuchen, mit ihm fertig zu werden, sagten Rafes Gedanken. *Offenbar kennt sie diesen Trampel. Außerdem scheint es hier um etwas zu gehen, von dem wir nichts wissen.*

»Das war wirklich sehr mutig, Felix«, sagte Coryssa kühl. »Ich schlage vor, du gehst eine Weile hinaus, bis du wieder so nüchtern bist, dass du aufrecht stehen kannst. Es sei denn, du entehrst lieber deine Uniform, indem du vor den Augen der Hasturs die Besinnung verlierst!«

»Du glaubst also, dass ich meine Uniform entehre?« Im Gegensatz zu den meisten Betrunkenen konnte Felix sich durchaus klar artikulieren. »Schöne Worte, meine Dame! Du trägst keine Uniform, also kann dich niemand fordern oder dir einen Strafpunkt geben. Aber *dein* Verhalten ist eine Entehrung der Weiblichkeit!«

»Du hast nicht das Recht, so mit mir zu sprechen.« Coryssas Stimme war zwar ruhig, doch Marius sah, dass ihre Hände zitterten, auch dann noch, als sie sie auf dem Schoß faltete. »Ich bin eine erwachsene, ledige Frau und nur meinem Turm und mir selbst verpflichtet.«

»Niemand hat mehr Recht dazu als ich! Ist dir überhaupt bewusst, welches Spektakel du den Comyn heute Abend lieferst? Du redest, lachst und *tanzt* mit diesen ...« Er deutete auf Rafe und Marius. »...diesen Terranern! Sie gehören der gleichen Rasse an wie die Bastarde, die deinen Sohn getötet haben! Bei Zandru, hast du denn gar kein Schamgefühl?«

Marius fiel ein, was Lerrys über Felix' älteren Bruder erzählt hatte. Ein Terraner hatte ihn in der Mittsommernacht erschossen. Dann musste Coryssa Felix' Mutter sein! Dies konnte natürlich ihre schmerzhafte Erinnerung an die Festnacht vor einem Jahr erklären.

»Felix, erzähle mir von deinem Kummer, wenn wir allein sind«, sagte Coryssa. »Nicht in der Öffentlichkeit. Und ohne *Dom* Marius einzubeziehen, dessen einziges Verbrechen darin besteht, mir Freundschaft entgegenzubringen.«

Felix wandte sich zu Marius um. Wenn Blicke töten könnten, wäre der Junge schon zweimal ums Leben gekommen. »Du«, zischte Felix. »Du dreckiger terranischer Eindringling! Wie kannst du es wagen, meine Mutter anzusprechen!«

»Beherrsche dich«, warf Coryssa ein. »Jetzt veranstaltest du ein Spektakel.« Felix ignorierte sie, als wäre sie eine Statue. Sein Groll, der durch den Alkohol noch verstärkt wurde, hatte sich erst gegen seine Mutter und dann gegen Marius gerichtet.

»Alle sagen, ich soll den Mund halten und die Sache begraben!«, fuhr Felix fort. »Aber ich bin es leid. Ich bin fünfzehn Jahre alt und nach den Domänengesetzen ein Mann. Laut diesen Gesetzen fordere ich dich zum Duell heraus, Marius Montray-Lanart.«

»Und ich weigere mich«, erwiderte der Angesprochene. »Du bist betrunken und kannst nicht klar denken. Deine Vorwürfe sind, wie üblich, lächerlich. Dein dummes Gerede bringt dich und deine Mutter in eine peinliche Lage. Sie hat eine solche

Behandlung nicht verdient. Wenn du dich noch mit mir duellieren willst, wenn du wieder nüchtern bist ... bist du zwar ein größerer Narr, als ich angenommen habe, aber ich freue mich, dir dann eine Lektion erteilen zu dürfen.«

Felix spannte sich wie ein *Oudrakhi*, der sich zum Angriff bereitmacht. »Du willst dich doch nur davor drücken! Aber wer glaubt auch schon, dass ein Terraner seinen Verpflichtungen nachkommt!«

Marius konnte ihn so deutlich denken hören, als würde er seine Worte hinausschreien. *Wie diese Tiere, die Geremy erschossen haben!*

»Du wirst dich mir jetzt stellen, ob du willst oder nicht!«, kreischte Felix. Er stürzte sich mit einem langen, in seiner Hand funkelnden Dolch auf Marius.

Der Junge griff nach seiner eigenen Waffe, doch dann hielt er inne, denn urplötzlich umgab ihn eine Mauer aus Finsternis. Die Zeit schien stehen zu bleiben. Marius sah sich in einem dichten Forst, umgeben von sich bewegenden Gestalten. Er verspürte einen ziehenden Schmerz in seinem Bein und sank auf ein Knie. Ein eindeutig nichtmenschliches Wesen ragte vor ihm auf, es hielt ein langes Messer in den erhobenen Händen. Die Klinge bedeutete den Tod. Seinen Tod? Marius wollte ausweichen, doch er konnte sich nicht bewegen. Dann tauchte wie aus dem Nichts ein anderer Körper vor ihm auf und schirmte ihn vor dem unausweichlichen Stoß ab. Er war in Sicherheit ... Jemand schrie auf, und er konnte wieder sehen.

Felix verharrte reglos, doch der Dolch war nicht mehr in seiner Hand. Rafe stand genau vor Marius, wandte ihm den Rücken zu und drehte sich plötzlich um. Nun sah der Junge auch den Dolch. Er fing den taumelnden Rafe auf und ließ ihn zu Boden sinken. *Als mich die Vorahnung oder was immer es war ergriff, muss er sich vor mich geworfen haben.* Aber war es eine Vorahnung gewesen? Nein. *Ich werde nicht durch ein Messer sterben.* Er *wusste* es und schüttelte sich. Nun gab er sich die Schuld für den entscheidenden Augenblick der Untätigkeit.

Als er aufschaute, sah er, dass Rafes Angreifer noch immer auf den Beinen stand. Er spürte, wie die salzigen Tränen in seinen Augen brannten, doch dann nahm ein anderes Gefühl gänzlich von ihm Besitz, und er hörte im gesamten Ballsaal Gläser bersten und zerspringen. Felix fiel lautlos um.

Ein mentaler Ruf erreichte ihn, der mit einem Schluchzen vergleichbar war: *Hör auf, Marius! Bitte, hör auf!* Die Stimme war unverwechselbar. Rafe lebte!

Sanft drückte Marius die Hand seines Freundes, danach richtete er seine Aufmerksamkeit auf die Menschenmenge, die auf sie zueilte. Er hob die andere Hand, und die Leute blieben stehen. Indem er seinen telekinetischen Alton-Zorn so deutlich zeigte, hatte er es geschafft, Gehorsam zu erzwingen. Marius kämpfte darum, normal zu reden. »Niemand kommt näher«, sagte er. »Niemand.«

Regis Hastur trat vor die anderen. »Das hätte nicht passieren dürfen.« Seine Abschirmung war inaktiv und enthüllte aufrichtiges Bedauern. »Aber bitte, lasst uns ihm helfen.«

»Ihr Comyn habt ihm schon genug geholfen!«, gab Marius zurück. In diesem Moment wollte er keinen hellhäutigen Hastur in seiner Nähe haben. *Hat es euch nicht gereicht, mich auszustoßen? Jetzt habt ihr auch noch meinen einzigen Freund zu Boden geschlagen!*

Danilo Syrtis, der neben Regis Hastur stand, zuckte zusammen, als wäre er geohrfeigt worden. Lerrys' Gesicht wurde kalkweiß. Ohne ihr Mitgefühl wahrzunehmen, sprach Marius weiter. »Ich brauche jetzt ein Pferd und eine Trage. Außerdem soll jemand eine Botschaft an das terranische Krankenhaus schicken und unser Eintreffen ankündigen.«

Dyan Ardais kniete neben Felix' leblosem Körper. »Der Narr ist gesund«, sagte er kurz darauf. »Er hat glücklicherweise nur Kopfschmerzen. Ich bringe ihn in die Garnison.« Er hob Felix auf die Arme und entfernte sich mit ihm aus dem Ballsaal.

»Lasst mich durch, *Com'ii.*« Die Menge teilte sich, als Callina Aillard sich durch ihre Mitte schob. »Marius«, sagte sie ruhig, »dein Freund blutet. Wenn du ihn jetzt transportierst, könnte er sterben. Ich bin Bewahrerin. Lass mich sehen, was ich für ihn tun kann.«

Marius musterte Rafe. Sein Gesicht war grau und vor Schmerz verzerrt. Der rote Fleck unterhalb seines Herzens wurde immer größer. Da Marius nicht sprechen konnte, nickte er nur.

Callina und Coryssa befreiten Rafe von seinem dicken Hemd und unterzogen ihn mit ihren geistigen Kräften einer eingehenden Untersuchung. In der Zwischenzeit lenkte Danilo Syrtis die Zuschauer ab.

»Es sieht nicht gut aus«, sagte Coryssa endlich. »Die Klinge steckte zwischen seinen Rippen und hat die Lunge durchbohrt ... Er hat leichte innere Blutungen.«

»Kann man sie stillen?«, fragte Marius. Er fühlte sich hilflos. Rafes Hand rührte sich in der seinen, als er wieder zu Bewusstsein kam.

»Ich glaube, schon«, erwiderte Callina. »Das heißt, falls wir durch die verletzte Lunge kommen. Fürst Regis, sorgt dafür, dass man uns nicht stört.«

Rafes Kopf fuhr plötzlich herum. Er erblickte die blauen Matrixsteine auf den Handflächen der beiden Frauen. »Nein!«, keuchte er. »Nehmt diese Teufelsdinger von mir weg!« Er wehrte sich, bis Marius seine Stirn berührte.

»Bleib liegen!«, befahl er. »Ich weiß, dass du dich vor der Kraft der Sternensteine fürchtest, aber du hast dich auch mit mir verbinden können. Wenn ich meinen Geist mit den ihren vereine, dürfen die Bewahrerin und Coryssa dann versuchen, deine Blutung zu stillen? Du weißt doch, ich lasse niemals zu, dass man dir wehtut, *Bredu*.«

Rafe seufzte wie ein müdes Kind und erklärte mental sein Einverständnis.

Hast du genug Kraft für dieses Unternehmen? Callinas Gedanken drangen in Marius' Geist wie Steine in einen Teich. *Der Kreis in Neskaya sagt, dein Laran ist nicht besonders stark.*

Neskaya irrt sich!, erwiderte Marius. *Man hat in diesem Turm von einem ›terranischen Halbblut‹ eben nicht viel erwartet. Außerdem gab es dort nicht mal eine Bewahrerin. Aber du bist eine. Überprüfe meinen Geist, wenn es dich beruhigt, aber beeil dich! Mein Freund könnte sonst sterben ...*

Callina zog sich zurück und konzentrierte sich auf ihre Matrix. »Coryssa, du überwachst mich. Marius, du folgst uns.«

Marius spürte die nach unten gerichtete geistige Bewegung der Frauen: Callina tauchte gerade hinab, Coryssa folgte ihr wie ein Komet mit Feuerschweif. Dann vergrößerte Callina ihre Reichweite, um Coryssa und Marius einzuschließen. Es war, als bildeten sie ein Gebäude – Dach, Säulen, Boden. Callina zog sie in Rafes Bewusstsein hinein. Das gesamte Ich des Jungen schien aus Furcht vor den fremden geistigen Kräften zu erstarren. Es war eine Furcht, die Callinas riskanten Griff zu erschüttern drohte.

Sachte, Rafe, wandte Marius sich im Geiste an seinen Freund. *Sei ruhig, wir tun dir nicht weh.* Er nahm eine Vermittlerrolle zwischen Rafes Bewusstsein und dem der Frauen ein.

Die Berührung der Bewahrerin war geschickt, sie heftete sich an das beschädigte Gewebe. Die betroffenen Zellen der

Lungenwände waren zerrissen und bluteten. Marius hielt seine ursprüngliche Panik im Zaum und spürte, dass Coryssa ihn stabilisierte.

Callina begann mit der gefährlichen Aufgabe, die durchtrennten Gefäße zu verschließen. Die Kraft, die sie dafür einsetzte, war so wohl dosiert, dass Rafes Herz nicht aussetzte. Dann fiel der Junge in eine Phase der Bewusstlosigkeit. Marius konzentrierte seine gesamte Geisteskraft durch Coryssa in Callinas Bewusstsein. Da blitzte ein mentales Bild auf: Drei Hände umschlossen einen zerrissenen Strang, während blaues Matrixlicht über beschädigten Fasern aufflammte. Marius wurde zu einer gewichtslosen Hülle. Eine ungebändigte Kraft durchströmte ihn ... alle zugleich. Der Blutstrom wurde eingedämmt, die Gefäße heilten, als seien sie nie zerschnitten worden, und Callina brachte sie wieder nach oben, heraus aus dem verwickelten Zellendschungel.

Marius hielt inne, um Rafes flachen Atem zu überprüfen. Sein eigenes Befinden war bestenfalls zittrig. Er spürte Coryssas Präsenz neben sich. »Kommt nun«, ermutigte sie ihn. »Ich habe Euren Herzschlag stabilisiert, stützt Euch für den Rest des Weges auf mich. Seid nicht albern, Marius, Ihr habt nicht versagt. Die Matrixarbeit ist Neuland für Euch, und dieses Unternehmen ist so anstrengend, dass es sogar eine Bewahrerin wie Callina ermüdet.«

Marius hatte eine rasche Wahrnehmung, sie flog fast an ihm vorbei, dann wurde er in die physikalische Realität seines Körpers zurückgeschleudert. Doch irgendetwas stimmte nicht, denn er nahm die Saalwände nur verschwommen wahr. Er bemühte sich, Rafe auszumachen, aber er konnte den Kopf nicht heben. In seinen Ohren dröhnten Stimmen, die er nicht erkannte.

»Er ist völlig erschöpft ...«

»Ohne ihn hätten wir es nie geschafft ...«

»Der terranische Junge hat wirklich eine starke Abschirmung ...«

Jemand schob einen Arm unter Marius' Achseln und stützte ihn beim Gehen.

»Wo ist Rafe?«, fragte er, ohne seine Stimme richtig zu hören. Dann verlor er den Zugriff auf die Wirklichkeit und tauchte ab in eine auf ihn einströmende finstere Flut.

Eine faulig schmeckende Flüssigkeit brannte in Marius' Kehle, als er erwachte. Er lag in seinem Bett im Alton-Quartier.

Andres maß ihn mit einem besorgten Blick. »Hauptmann Ridenow hat dich gebracht«, sagte er. »Du warst so bleich wie eine verlorene Seele. Aber ein Imbiss und ein paar Stunden Schlaf müssten dich wieder auf die Beine bringen.«

Marius fasste sich an den Kopf, als ihm alles wieder einfiel. Er fuhr im Bett hoch. »Wo ist Rafe? Ich muss zu ihm!«

Andre's eiserne Hand schob ihn zurück. »Deinem Freund geht es einigermaßen gut. Er schläft im Aillard-Quartier. Lady Coryssa kümmert sich um ihn. Morgen müsste er stark genug sein, um ins terranische Krankenhaus gebracht werden zu können.«

Marius legte sich unterwürfig zurück und ließ sich von Andres mit gezuckertem Obst von einem Tablett füttern. Der süße Saft war kühl und reinigte seinen Mund vom schweren Nachgeschmack der Krankheit. Er spürte, dass seine Kraft zurückkehrte. Die Erinnerung an Felix' wutverzerrtes Gesicht wollte jedoch nicht weichen, und er dankte allen ihm bekannten Göttern, dass Rafe noch lebte und außer Gefahr war.

»Ich muss mal an die frische Luft«, sagte er und setzte sich auf.

Andres runzelte die Stirn, und Marius bemerkte, wie zum ersten Mal, die große Kraft des älteren Mannes. Andres streckte die Hand aus, als wolle er ihn erneut auf sein Lager zurückdrücken, doch dann legte er sie auf Marius' Schulter. »Na schön, Mario, wenn es unbedingt sein muss. Aber übertreib es nicht. Du hattest für einen Abend genug Aufregung.«

Es war Jahre her, seit jemand Marius mit diesem Spitznamen angesprochen hatte. Er drückte kurz Andres' Hand und verließ den Raum.

Eine leichte Brise bewegte die auf der Brustwehr der Burg hängenden Flaggen. Tief unter ihm badete die ganze Stadt im Licht der vier Monde. Doch Marius fand keinen Trost in der Schönheit dieses Abblicks. Er fühlte sich ausgelaugt und leer. Seit er Armida an jenem längst vergangenen Tag gegen Ende des Frühlings verlassen hatte, konzentrierte er seine Gefühle nur auf ein Ziel. Zuerst hegte er die Hoffnung, Kadett zu werden, dann verspürte er das wütende Verlangen, sich für die vielen Zurückweisungen an den Comyn zu rächen. Nun war der schwelende Zorn, den er wie ein heiliges Feuer in sich genährt hatte, von ihm gewichen.

Ich kann ihn doch nicht vergessen haben, dachte er verwirrt. *Wie viele schlaflose Nächte habe ich nur an meine gerechte Rache an jenen gedacht, die mich ausgegrenzt haben. Der Schreck, dass Rafe hätte sterben können, hat mich offenbar verwirrt.*

Trotzdem wusste er, dass dies nicht die richtige Antwort sein konnte. Sosehr er sich auch bemühte, das Feuer seines Zorns neu zu entfachen, es schien, als hätte sich zwischen dem Heute und der Zeit, in der er am liebsten jeden Comyn, der in sein Blickfeld trat, getötet hätte, eine Kluft aufgetan. Waren wirklich nur Minuten vergangen, seit er Felix mit seinen Geisteskräften zu Boden geschlagen hatte?

Wieso hasse ich nicht mal mehr ihn – diesen arroganten Schweinehund, der Rafe beinahe umgebracht hätte? Können Gefühle wie eine Münze sein? Habe ich, indem ich meinen Zorn auf Felix richtete, alles verpulvert, was in mir war? Al-

dones, Herr des Lichts, Gott meiner Väter, was habe ich verloren? Jetzt weiß ich nicht mehr, was ich tun oder was aus mir werden soll ...

Eine Stunde verging, in der Marius auf und ab schritt. Es gab keine Antwort auf sein Dilemma, egal, wie oft er auch an die Ereignisse des Sommers zurückdachte. Er kam sich so einsam vor wie damals, in seinen ersten Tagen in der terranischen Zone. Nein, ganz so war es nicht. Er hatte in Rafe einen Freund gewonnen.

Die Glocke des Ostturms schlug Mitternacht. Marius gähnte und ihm wurde klar, wie müde er war.

In diesem Moment trat eine Gestalt mit einem Umhang aus der Dunkelheit. Ein wenig Mondlicht fiel auf den blonden Haarschopf Felix Aillards. Marius hätte am liebsten gelacht; sein Auftritt kam ihm vor wie eine Szene in einer Komödie.

»Tja, Felix«, sagte er milde gestimmt. »Da bist du wieder und verstellst mir wie üblich den Weg. Was hast du diesmal vor?«

Felix sank spontan auf die Knie und richtete seinen Dolch auf Marius, mit dem Griff voran. Marius nahm die Klinge geistesabwesend an sich. Er hätte sie beinahe fallen lassen, als er die dunklen Flecke darauf erkannte.

»Ja«, sagte Felix, »an meinem Dolch klebt das Blut deines Freundes. Ich reiche ihn dir und bitte dich um Vergebung für den Hieb, der den Falschen getroffen hat. Wenn du willst, vergelte ihn mit meinem eigenen Blut. Es ist dein Recht und nicht mehr als mein Untergang.« Mit diesen Worten löste er seinen Umhang und senkte den Kopf.

Das darf doch wohl nicht wahr sein!, dachte Marius. Er war wie gelähmt. *Nachdem er mich wochenlang gepiesackt und in seinem betrunkenen Zorn auf Rafe eingestochen hat, kniet er nun vor mir nieder und bittet mich in aller Ruhe, ihn zu töten! In spätestens einer Minute wird Danvan Hastur hier auftau-*

chen und mich zum Kommandanten der Garde ernennen, und
dann weiß ich, dass alles nur ein Traum war ...

Ihm fiel ein, dass sein Vater ihm von einem uralten Comyn-Ritual erzählt hatte: Wenn jemand einen anderen durch Verrat ums Leben brachte und sein Opfer keinen männlichen Verwandten hatte, der ihn zu rächen vermochte, konnte der Mörder dazu verurteilt werden, den Kindern oder Freunden des Toten die Gelegenheit einzuräumen, ihn mit der Waffe zu töten, die er ungerechtfertigt verwendet hatte. Der Ritus war heute nicht mehr verbreitet, es sei denn in abgelegenen Teilen der Kilghard-Berge und in Valeron. *Weiß der Narr denn nicht, dass Rafe noch lebt?,* dachte Marius verärgert.

Felix musste über *Laran* verfügen. Er hob den Kopf und erwiderte: »Ich weiß, dass er lebt. Aber wenn meine Mutter und Lady Callina nicht dort gewesen wären, wäre er wahrscheinlich gestorben. Und ich habe dich zu Unrecht herausgefordert. Du bist nach dem Comyn-Gesetz minderjährig. Und dein Freund ...«

»Hat dir deine Mutter dies aufgetragen?«, fiel Marius ihm ins Wort.

»Nein!« Die alte Arroganz wogte in Felix' Stimme. »Du bist doch Telepath, verdammt! Hör dir an, was ich zu sagen habe, und fälle dein Urteil über den Wahrheitsgehalt meiner Worte.« Er holte Luft. Es klang wie ein Schluchzen. »Dein Freund war unbewaffnet. Als er umfiel und du an seine Seite eiltest, wäre ich am liebsten weggelaufen. Aber ich konnte es nicht. Ich habe euch beobachtet, und es war, als würde ich das Mittsommerfest vom letzten Jahr noch einmal erleben ...« Der plötzliche Schmerz in Felix' Geist hätte Marius fast aufschreien lassen, so intensiv war er. Felix mühte sich, seine Stimme nicht versagen zu lassen. »Als ich neben meinem Bruder kniete und er durch die Waffe eines Feiglings starb ... in der Garnison ... da sah ich, was ich angerichtet hatte. Ich bin weniger wert als der verfluchte Terraner, der Geremy erschossen hat. Er hat zumindest nicht aus dummer Verärgerung geschossen, sondern aus Angst!« Felix' Augen waren tränenfeucht.

Mehr sagte er nicht. Doch Marius hörte seine Gedanken allzu deutlich: *Jahrelang habe ich mich für tugendhaft gehalten und meine Mutter wegen ihrer Unziemlichkeit verdammt, mit der sie Schande über unser Haus gebracht hat ... Doch heute Abend habe ich ein viel schlimmeres Verbrechen begangen. Ich hätte beinahe einen unschuldigen Fremdling umgebracht. Ich war wie ein Wahnsinniger, der auf Schatten einschlägt ...*

Endlich ergriff Felix wieder das Wort. »Wenn du mich jetzt tötest, kann ich wenigstens einen Teil meiner Ehre zurückgewinnen.«

Marius schloss die Augen, damit die Qualen des anderen Jungen aus seinem Blickfeld verschwanden. Er legte auf traditionelle Weise die Hände auf Felix' Schultern, wie ein Fürst bei seinem Friedensmann. »Ich werde dich nicht töten, Felix. Ich schenke dir als Buße dein Leben.« Der junge Mann hob den Kopf. Er war deutlich überrascht. »Ich werde dich auch nicht herausfordern«, fuhr Marius fort. »Steh jetzt auf. Hier ist dein Dolch.«

»Aber ... du warst doch so wütend«, sagte Felix. »So, wie du mich angegriffen hast ...«

»Ich *war* wütend, ja. Aber jetzt muss ich über wichtigere Dinge nachdenken. Zum Beispiel darüber, dass mein Freund lebt.« Er lächelte grimmig. »Außerdem glaube ich, dass du dich selbst mehr gestraft hast, als ich dich je strafen könnte.«

Als er Felix' Rückzug beobachtete, dachte er über die plötzliche Veränderung nach, die der Festabend in ihrem Leben bewirkt hatte. *Felix hat seine Wut heute Abend restlos verbraucht. Und ich ebenso. Obwohl ich nicht sagen kann, dass sein Hass ebenso gerechtfertigt war wie der meine, sind wir vielleicht doch irgendwie vergleichbar ...*

Die Schritte, die er unternommen hatte, wurden zu einem deutlichen Muster. Ihm fiel das seltsame Wohlgefühl ein, das ihn bei seinem Racheschwur befallen hatte. Welch edle Gefühle hatte es in ihm ausgelöst. *Es war leicht, wütend zu sein,* dachte er. *Viel leichter, als sich den Umständen zu stellen, die diese Wut erzeugt haben. Aber mein Hass hat meine Position nicht verbessert.*

Er zitterte bei der Vorstellung an all das, was er mit Rafe geteilt hatte – die schrecklichen Visionen von Sharras Feuer. *Ich war in meiner Selbstzufriedenheit genauso blind wie Felix. Rafe hat mir durch unsere telepathische Verbindung zeigen wollen, wie gefährlich die Kraft des Hasses sein kann – und er ist beinahe gestorben, bevor ich mich von dem Irrglauben lösen konnte, dass ich eine rächende Gottheit bin. Selbst wenn er mich nicht aufgehalten hätte, hätte ich Felix vielleicht umgebracht.*

Marius verstand nun, warum sein Vater ihn stets davor gewarnt hatte, dem Alton-Zorn nachzugeben. Wäre Rafe gestorben, hätte er diesen Zorn wie ein tollwütiger Hund gegen die versammelten Comyn gerichtet und ihnen die Schuld an Felix' Missetat angelastet.

Der Zorn hatte aufgehört, seine Seele zu verzehren, doch er verspürte zu viel Bitterkeit, um noch ein weiteres Jahr Trübsal blasend in Armida verbringen zu können.

Eigenartigerweise empfand er Mitleid mit den Comyn. Ihre Reihen lichteten sich schon jetzt. Sie verloren den Halt an der Welt, die sie seit Jahrhunderten beherrscht hatten.

Kein Wunder, dass sie mich verachten. Mein terranisches Blut, sogar meine braunen terranischen Augen erinnern sie immerzu daran, dass sie eines Tages durch Menschen einer anderen Welt ersetzt werden. Trotzdem ... Sie bräuchten nicht abzutreten, wenn sie sich entschließen könnten, ein wenig zu kooperieren. Es gibt viele Comyn-Traditionen, die es wert sind, dass man sie erhält ... Er dachte an den Einsatz der Matrix, der Rafe wahrscheinlich das Leben gerettet hatte. Trotz allem, was die terranische Wissenschaft zu bieten hatte: die Welten der Terraner boten nichts, was dem Potenzial der darkovanischen Matrixtechnik gleichkam.

Marius erkannte voller Dankbarkeit, dass er den richtigen Weg endlich gefunden hatte. Er würde weiter darauf bestehen, Armida zu behalten. Außerdem wollte er die Alton-Domäne für Lew bewahren. Er wusste mit der Gewissheit seines *Laran*, dass er eines Tages zurückkehren würde.

Und wenn er im nächsten Monat erwachsen wurde, wollte er Lerrys erzählen, dass er beschlossen hatte, sich Dan Lawtons Gruppe anzuschließen.

Aber nicht aus Wut, versicherte er sich. *Das heißt zumindest nicht aus Rachedurst. Lawton hat Recht, Darkover und Terra können einander eine Menge geben, und ich kann ein Teil dieses Austausches sein.*

Er lachte und spürte, dass eine unerträgliche Last von seinen Schultern genommen war. Dann drang sein Geist in die von der Nacht umhüllte Burg, bis er den gleichmäßigen und ruhigen Herzschlag des bewusstlosen Rafe ausmachte.

Schlaf gut, Bruder!, rief Marius ihm zu. *Wenn du wieder bei Kräften bist, werde ich meinen Geist für dich öffnen und dir zeigen, was ich gelernt habe.*

Der Brautpreis

von Marion Zimmer Bradley

Rohana wurde von der Stille der Kapelle auf Burg Comyn umgeben. Außer ihr und den im alten Stil gemalten Gestalten Camillas, Hasturs und Cassildas an den Wänden war niemand anwesend. Camilla trug Sommerfrüchte auf den Armen, Cassilda hielt Sternenblumen in der Hand, und Hastur stand schweigend und reglos vor den Frauen. Er wirkte ebenso teilnahmslos wie Gabriel, der vor Rohana auf der Totenbahre lag. Die Leiche ruhte unter schwerem, kunstvoll drapiertem Samt in den Alton-Farben Grau und Karmesinrot, und die tränenlose Rohana erinnerte sich nur an den hauchdünnen gleichfarbenen Stoff, der am Morgen nach ihrer Hochzeit auf ihrem schmalen Bett gelegen hatte.

»Es sieht aus wie für die Beerdigung einer Bewahrerin arrangiert«, witzelte sie. »Das ist alles für eine Hochzeit? Und was ist mit mir?«

»Rohana«, sagte ihre Mutter in feierlichem Ernst. »Es ist eine gute Heirat. Ich kann dich nicht verstehen. Hätten wir deine Schwestern dem Führer einer Domäne versprochen, wären sie außer sich vor Freude. Doch du führst dich auf, als ginge dich dies alles nichts an. Man könnte fast glauben ...« Lady Liane hielt inne, und Rohana wusste, dass ihre Mutter ihr beinahe eine Frage gestellt hätte, deren Antwort sie eigentlich nicht wissen wollte. *Man könnte fast annehmen, du hättest den Rest deines Lebens am liebsten im Turm von Dalereuth zugebracht.* Dafür hätte man schließlich auch sorgen können. Doch stattdessen fragte sie: »Gefällt dir Gabriel Ardais etwa nicht, du undankbares Mädchen?«

»Wieso sollte er ihr nicht gefallen?«, frägte Dame Sarita, die alle drei Aillard-Töchter aufgezogen hatte und auch bei den beiden vorherigen Hochzeiten zugegen gewesen war. »Er ist doch so groß und stattlich und drückt sich wunderbar aus ...«

»Wie schade, dass du ihn nicht heiraten kannst, wo du ihn offensichtlich sehr magst«, sagte Rohana. Allerdings war sie bei dieser Neckerei nicht mit dem Herzen bei der Sache.

»Nein, also wirklich«, sagte ihre Mutter und runzelte leicht die Stirn. »Ich habe mir geschworen, dass keine meiner Töchter je dazu *gezwungen* wird, sich ins Brautbett zu legen. Wenn Gabriel dir nicht gefällt, hättest du es doch sagen können, bevor die Dinge sich so weit entwickelt haben.«

Rohana seufzte. Die Bestürzung auf der Miene ihrer Mutter tat ihr Leid. »Nein, nein, es ist nicht so, dass ich Gabriel nicht mag. Er ist bestimmt nicht schlimmer als die anderen, die man mir angeboten hat. Aber man kann es mir doch nicht verübeln, dass dieser Tag weniger eine Freude für mich oder Gabriel ist als für meine Verwandtschaft. Man hat mir seit dem Tag meiner Verlobung von früh bis spät eingebläut, wie selten es ist, wenn sich zwei der größten Häuser in den Domänen vereinen und sich die Hände reichen – in diesem Fall der Erbe von Ardais und eine Tochter der Aillards –, dass unsere Hochzeit inzwischen eher nach einer Rinderzuchtausstellung klingt.« Sie schaute in den Burghof hinunter. Aus der Grube, in der man zwei riesige Tiere in den Kohlen briet, stieg Rauch auf. Der Duft war zwar verlockend, aber er verursachte ihr irgendwie Übelkeit. »Es überrascht mich nur, dass ihr keine Seiltänzer, Jongleure und den Dreibeinigen aus Candermay bestellt habt, um die Menge zu unterhalten, während sie auf das Hauptereignis warten. Oder habt ihr etwa vor, zu den Bräuchen aus dem Zeitalter des Chaos zurückzukehren, als die Braut und der Bräutigam noch ihre Vorstellung gaben und die Menge um sie herumstand, um sie anzufeuern?«

»Rohi, schäm dich!«, tadelte Dame Sarita ihren Schützling errötend.

»Tja, es freut weder mich noch Gabriel, wenn über uns verfügt wird«, fuhr Rohana fort. »Aber irgendjemand muss ja Spaß an der Sache haben. Hier wird Aillard mit Ardais verheiratet, nicht Rohana mit Gabriel. Ich habe meine Rolle als lyrische Künstlerin auf allen Bühnen Thendaras gelernt und wage zu behaupten, dass ich sie ohne Applaus ebenso gut spielen kann.«

»Albernes Gör«, tadelte sie die Kinderschwester. »Am Tag ihrer Hochzeit ist jede Frau eine Königin.«

»Aber sicher«, sagte Rohana. »Man erlaubt der Braut, für einen Tag Königin zu sein.« Sie richtete sich in ihrem Unterrock auf, und das kupferfarbene Haar fiel ihr lose bis auf die Taille. Sie musterte die auf ihrem Bett ausgebreitete Pracht. »In der Hoffnung, ein Tag Herrschaft möge ihr helfen zu vergessen, dass sie von nun an bis in alle Ewigkeit Untertanin irgendeines Mannes ist und sogar ihren eigenen Namen aufgegeben hat.«

»Aber so ist es doch nicht, Rohana«, sagte Lady Liane. »Glaubst du wirklich, dass ich deinem Vater untertan bin?«

»Nein, Mutter, aber du bist eine Aillard und hast einen Mann geheiratet, von dem du wusstest, dass er dir unterlegen ist. Und Vater wusste vom Tag seiner Hochzeit an, dass seine Braut seine Herrin ist und dass er sie bedienen und ihr gehorchen muss. Ich heirate einen Comyn-Fürsten aus Ardais, wo das Erbe nach der Linie des Mannes festgesetzt wird. Seine Gattin wird ihm gewiss nicht überlegen sein, sie ist ihm nicht einmal gleichgestellt. Ich bin nicht dazu geeignet, meinen Willen per Zwist durchzusetzen, Mutter, und deswegen ...« Rohana zuckte die Achseln. »Ich bezweifle, dass ich ihn überhaupt durchsetzen will.« Sie ließ sich in einen Sessel sinken.

»Komm, meine Kleine, sei nicht bedrückt«, sagte Dame Sarita und legte eine Hand unter Rohanas Kinn. »Irgendwann wirst auch du dich an den Tag deiner Hochzeit als an den glücklichsten deines Lebens erinnern.«

»Bedeutet das, alle Tage, die danach kommen, sind weniger glücklich?«, fragte Rohana seufzend.

»Auf keinen Fall, mein Kind. Ich weiß, dass Tage dieser Art eine große Anstrengung sind, aber er wird bald vorbei sein, und dann wirst du alle Freuden kennen lernen, die auf eine Braut warten. Da fällt mir mein lieber guter Mann ein ...« Doch bevor Sarita weiter ausholen konnte, wurde sie von Lady Liane unterbrochen.

»Sarita, das Kind hat kaum etwas gefrühstückt. Geh in die Küche und hole ihr etwas Leckeres. Einen Teller Suppe. Du weißt doch, was sie am liebsten isst.«

Nachdem das Kindermädchen gegangen war, zog Lady Liane Rohana an sich und strich ihr übers Haar.

»Ich kann es nicht ertragen, wenn du so missgelaunt bist, mein Kind«, sagte sie. »Ich habe wirklich geglaubt, du magst Gabriel.«

»So ist es auch, Mutter. Ich mag ihn ebenso wie jeden anderen Mann, den ich für eine knappe Stunde gesehen habe.«

Eigenartigerweise errötete ihre Mutter. Dann sagte sie mit leiser Stimme: »Meine Kleine, du weißt doch, wie viele Bräuche allein *dafür* verletzt wurden. Ich musste Fürst Ardais erklären, dass du einst eine *Leronis* warst und an viel Freiheit gewöhnt bist. Ich glaube fast, er hat es für unanständig gehalten, dass du darum gebeten hast, den dir versprochenen Ehemann tatsächlich kennen zu lernen. Oder hat es etwas damit zu tun, dass du nicht gern im Mittelpunkt stehst? Es stimmt doch, dass du im Turm nicht gelernt hast, die Blicke der anderen zu ignorieren, wie eine Comynara es können muss. Oder vielleicht ... Rohi, hast du etwa deine Tage? Wenn es so ist, bitte ich deinen Vater, ein privates Wort an Gabriel zu richten, damit er versteht, dass er dich für ein, zwei Tage in Ruhe lassen soll ...«

Rohana verzog das Gesicht. »Sarita hat dir einiges voraus, Mutter. Seit Mitte des letzten Zyklus' versorgt sie mich mit ihren Hebammenmittelchen, um genau dies zu verhindern.«

Lady Liane lächelte, und Rohana hatte zum ersten Mal im Leben den Eindruck, dass ihre Mutter eine Gleichberechtigte in ihr sah.

»Ich hätte es auch gern gehabt, wenn meine Mutter oder mein Kindermädchen so vorausschauend gehandelt hätten. Aber damals hat niemand mit einer Jungfer über solche Dinge gesprochen. Ich muss freilich sagen, dass dein Vater, als ich den Mut hatte, mit ihm darüber zu reden, äußerst einfühlsam und verständnisvoll war.«

Es war schwer vorstellbar, in ihren stattlichen Eltern eine verlegene junge Braut und einen entgegenkommenden jungen Bräutigam zu sehen.

»Wie alt warst du da, Mutter?«

»Fünfzehn«, sagte Lady Liane. »Sabrina kam zur Welt, kurz bevor ich sechzehn wurde. Dass mein erstes Kind eine Aillard-Tochter war, hat mich sehr gefreut. Dein Vater war zwar sehr enttäuscht, aber dennoch nett und hat mir Blumen gebracht. Sabrina hatte schon zwei Kinder, als sie noch nicht mal so alt war wie du. Deine Schwester Marelie wollte auch gern jung heiraten. Meiner Meinung nach zu jung, deshalb habe ich darum gebeten, dass sie vor dir ein Jahr in Dalereuth verbringt. Aber sie verfügte nicht über *Laran*. Deswegen war ich auch so stolz, als sich gezeigt hat, dass du die Gabe besitzt. Fürst Ardais freut sich ebenfalls, da es so aussieht, als habe Gabriel nur wenig davon. Wenn du dein Leben lieber in einem Turm verbracht hättest, hättest du es nur zu sagen brauchen, Rohana.«

Rohana hatte längst mit sich selbst gewettet, dass ihre Mutter genau dies sagen würde, und zwar mit genau diesen Worten. Doch nun hatte sie kein Interesse mehr an dem Spiel. Sie schüttelte seufzend den Kopf.

»Nein«, sagte sie. »Ich habe die Gabe nicht. In unserer Gruppe hat nur Leonie sie gehabt. Und Melora.« Sie schluckte und bedeckte ihr Gesicht mit den Händen. Ihre Augen füllten sich mit Tränen. »Melora«, sagte sie klagend. »Als wir noch kleine Mädchen waren, haben wir uns versprochen, dass jene, die als zweite heiratet, die Brautjungfer der ersten sein wird. Warum will mir niemand sagen, was mit Melora passiert ist, Mutter? Ist sie tot? Ist sie mit einem Bräutigam davongelaufen – oder mit einem Stallburschen oder Köhler?«

Lady Liane seufzte und schüttelte den Kopf. »Nein, mein Schatz. Das hätten wir dir schon deswegen erzählt, damit nicht auch du eine so katastrophale Wahl triffst. Sie wurde von den Banditen aus den Trockenstädten entführt. Wir haben nie wieder von ihr gehört. Wir hoffen, dass sie tot ist.«

Rohana zuckte entsetzt zusammen, und ihre Mutter umarmte sie und strich ihr übers Haar. In diesem Moment schien es fast möglich, all ihre Ängste und Fragen auszusprechen. Doch Sarita kehrte mit einem Tablett voller Köstlichkeiten in den Raum zurück, und die Gelegenheit war – möglicherweise für immer – vertan.

»Du musst tüchtig essen«, sagte die Mutter drängend, »denn du wirst im Brautkleid nur wenig kriegen. Ich habe dir eine Tasse Nudelsuppe mitgebracht, eine Scheibe gerösteten Regenpfeifer und Schwarzobstkuchen. Schau mal, Schätzchen, hast du eure *di-Catenas*-Bänder schon gesehen?« Sie hob die wunderschönen filigranen Ehearmbänder aus Kupfer hoch.

Lady Liane stand auf und küsste Rohana vorsichtig auf die Stirn. Damit war der Augenblick der Intimität vorüber.

»Ich schaue noch einmal herein, wenn du angezogen bist, mein Schatz«, sagte sie und ging hinaus.

Wie eine bezaubernde, in die Ardais-Farben gekleidete Puppe bewegte sich Rohana durch die endlose Zeremonie. Die Armbänder an ihren Gelenken waren geschlossen. Sie tauschte einen rituellen Kuss mit Gabriel. Auch seine Lippen wirkten kalt wie Eis. Er überreichte ihr die Schlüssel seines hohen Hauses und stellte sie seinen Friedensmännern vor. Rohana nahm ihre rituellen Handküsse entgegen. Während sich all dies abspielte, war sie so distanziert und zurückgezogen wie immer. Hatte man auch ihm diese Ehe aufgezwungen? Trotzdem war er an ihr nicht uninteressiert. Hin und wieder bemerkte sie, dass er sie in Augenschein nahm.

Rohana wusste um ihre Schönheit. So jung sie auch war, die Männer hatten sie stets begehrt. Sie hatte gelernt, so zu tun, als hätte sie kein Interesse daran. Im Turm, wo man nicht so tun konnte, als bemerke man nichts davon, hatte sie gelernt, darüber hinwegzusehen. Nun gab es keine Möglichkeit mehr, sich all dem zu entziehen. Sie wusste genau, um was es bei einer Hochzeit ging, und empfand eine gewisse wählerische Abneigung gegen die ganze Angelegenheit. Sie würde tun, was man von ihr erwartete, das war schließlich das Mindeste. Doch die Intensität von Gabriels Blicken jagte ihr Angst ein.

Als man sie zu Bett geleitete, empfand sie wirkliche Furcht. Sie wusste, dass Bauernwitze und Keilereien der Tradition entsprachen. Die Mädchen rechneten damit, dass sie kicherte und sich zierte, dass sie vielleicht weinte oder sich schämte. Nun, an ihr würden sie keinen Spaß haben. Rohana nahm sich so gut sie nur konnte zusammen. Sie lächelte bei den übelsten Zoten und runzelte nur dann die Stirn, wenn sie allzu vulgär wurden. Die Zeugen hatten sich darauf vorbereitet, stundenlang so weiterzumachen, doch Rohanas kühle, geistesabwesende Miene verdarb ihnen den Spaß. Ein Lied und ein Lachen nach dem anderen erstarb, und dann ließ man sie allein.

Gabriel wandte sich zu ihr um. »Ich habe noch nie eine junge Braut derart gefasst gesehen«, sagte er. »Wo habt Ihr dies gelernt, meine Dame?«

»Ihr wisst doch, dass ich in Dalereuth *Leronis* war. Das Erste, was man dort lernt, ist Selbstbeherrschung, und zwar unter Umständen, die weitaus mehr verlangen als die gegenwärtigen. Ich wollte nicht behandelt werden wie ein abnormes Wesen auf einem Volksfest.«

»Ihr erlaubt doch, meine Dame?«, sagte Gabriel. Er stand vom Bett auf und legte den Riegel vor die Tür. Dann kam er zurück und nahm auf der Bettkante Platz. Er war gar nicht so groß, wie sie geglaubt hatte, dafür aber stämmiger und breitschultriger. Sein Gesicht war blass, und trotz ihrer eigene Nervosität glaubte sie Schweißperlen an seinem Haaransatz und in seinen roten Locken zu erkennen.

Na so was, er ist offensichtlich auch nervös. Zum ersten Mal sah sie in dem ihr unbekannten jungen Mann nicht den fremden Verschwörer, der sie zu dieser unerwünschten Hochzeit getrieben hatte, sondern ein Opfer wie sich selbst. Sie streckte die Hände nach ihm aus.

»Erzähl mir etwas, Gabriel. Ich weiß so wenig über dich ... Dieser Brauch, dass Ehemann und Ehefrau sich als Fremde kennen lernen, kommt mir seltsam vor. Ich weiß nicht mal, wie alt du bist.«

»Ich werde bei der nächsten Frühlingssaat sechsundzwanzig«, erwiderte er. »Ich weiß, mein Vater hat deinen Eltern erzählt, dass ich erst dreiundzwanzig bin. Er hatte Angst, sie würden mich sonst für zu alt halten. Aber ich will ehrlich mit dir sein, Rohana.« Er sprach sie erstmals mit ihrem Vornamen an. »Ich glaube, man hat dir auch verschwiegen, dass ich schon mal verheiratet war. Meine Frau ist während der Geburt unseres ersten Kindes gestorben, als wir noch kein Jahr verheiratet waren.«

Es könnte mir auch passieren, dachte Rohana. Aber der Gedanke war fern und verschwommen wie ein Traum, und sie *wusste* – aufgrund ihres *Laran,* das ihr gelegentlich noch immer ein Rätsel war –, dass sie nicht auf diese Weise sterben würde. Es war ihr nicht vorherbestimmt. Sie fragte sich, ob Gabriel die Tote geliebt hatte und ob ihm seine neue Ehe ebenso unwillkommen war wie ihr bisher.

»Ich möchte dich um etwas bitten ...«, sagte er und berührte ihre Hand sanft durch die Spitzen an ihrem Handgelenk. »Ich weiß, für eine Hochzeitsnacht ist es eine eigenartige Frage ...« Dann hielt er inne.

Rohana wappnete sich gegen irgendein unaussprechliches Verlangen. Wenn seine Bitte *ihm* schon peinlich war, worum konnte es dann gehen? Dann sagte sie leise: »Du kannst mich um alles bitten. Sprich, mein Gatte.« Sie war noch zu schüchtern, ihn beim Namen zu nennen.

»Ich möchte dich bitten ... nett zu meiner Tochter zu sein. Sie ist erst zwei Jahre alt, und ich fürchte, sie hat in ihrem Leben bisher nicht sehr viel Freundlichkeit erfahren. Ich habe sie nur einige Male gesehen. Ich habe ihr damals eine Puppe mitgebracht, aber vielleicht war sie da noch zu klein, um etwas damit anfangen zu können.«

»Ich könnte nie unfreundlich zu einem kleinen Kind sein, das mir nichts getan hat«, erwiderte Rohana. »Ich verstehe nur wenig von Kindern ... Im Turm hatte ich kaum Gelegenheit, welchen zu begegnen. Und die Kinder meiner Schwester habe ich auch nur selten zu Gesicht bekommen. Aber ich verspreche dir, dass ich nie grausam zu ihr sein werde. Ich werde sie nicht verprügeln oder mit ihr schimpfen, das verspreche ich dir. Wie heißt sie denn?«

»Cassilda«, sagte Gabriel.

Rohana war überrascht. In den Ebenen von Valeron, wo sie aufgewachsen war, hielt man den Namen Cassilda für zu ehrfurchtgebietend für ein Menschenkind.

»Du wurdest in einem Turm erzogen, Rohana? Solltest du *Leronis* werden?«

»Eine Weile habe ich es geglaubt. Aber als ich den Turm verließ, um zu heiraten, hat niemand protestiert. Meine Gabe ist nicht sonderlich erwähnenswert.«

»Rohana«, sagte Gabriel, ohne sie anzuschauen, »ich weiß, dass manche Männer und Frauen in den Türmen die Freiheit haben, sich einen Geliebten oder eine Geliebte zu nehmen. Falls du schon einmal geliebt hast ... Ich schwöre, dass ich dir deswegen nie Vorwürfe machen werde. Gibt es einen anderen, dem dein Herz gehört?«

»Nein«, antwortete sie überrascht. Sie hätte nie geglaubt, dass ein Mann – und zwar ein Berg von einem Mann – dafür Verständnis haben könnte. Und doch verwirrte sie eine Erinnerung.

Meloras Vetter Rafael. Er hatte um sie geworben. Es hätte nicht viel gefehlt und sie wären ein Paar geworden. Nicht weil sie ihn begehrt hatte – sie hatte damals kaum gewusst, was Begierde war, bis sie sein Verlangen gespürt hatte. Er hatte sich so sehr nach ihr gesehnt, dass sogar sie seine Qualen empfunden hatte, denn sie hatte seinen Hunger und seine Not bemerkt. Sie hatte sich gewünscht, sie könne sich ihm hingeben, um ihn zu trösten. Sein Leiden hatte ihr zwar Kummer bereitet, doch gleichzeitig war sie auch hilflos und zögerlich gewesen. Er hatte ihre Zurückhaltung bemerkt und sie nicht gegen ihren innersten Willen nehmen wollen. Ebenso wenig wollte er sie als liebenswürdiges Geschenk akzeptieren.

Rohana griff nach Gabriels Hand. »Nein, mein Gatte«, sagte sie leise. »Ich bin zwar dankbar für dein Verständnis, aber ich habe für einen Mann nie mehr empfunden als Freundschaft, und niemand kann von mir sagen, er hätte mehr von mir gehabt als einen Tanz im Mondenschein und meine Fingerspitzen, um sie zu küssen.«

Gabriel drückte ihre Hand. »Es tut mir fast Leid«, sagte er. »Da man dich an einen Fremden verheiratet hat, wäre es, glaube ich, eine gute Sache gewesen, wenn du erlebt hättest, wie es ist, jemanden zu ... lieben, den du dir selbst ausgesucht hast, bevor du an jemanden verheiratet wirst, von dem du eine solche Liebe nicht erwarten kannst.« Er sagte es ohne Trauer.

Eigenartigerweise war Rohana bestürzt. *Ich möchte gar nicht, dass er mich liebt,* dachte sie. *Es reicht mir, dass ich mein Zuhause verlassen und in der Fremde leben muss. Es ist schon schwer genug, auch ohne diese Last in einem fremden Land Ehefrau zu sein. Ich möchte nur, dass wir jeder unsere Pflichten erfüllen und nicht mehr von uns verlangen. Es wäre einfacher, ich bliebe immer uninteressiert an ihm, ohne ein Band, das über die Kinder hinausgeht, die wir haben werden. Es wäre besser, wenn ich kein Interesse an ihm hätte, ihm gegenüber so kalt und ungerührt bliebe wie bei den Mädchen, die mich verulkt haben, als man uns zu Bett geleitet hat.* Im gleichen Augenblick fragte irgendein perverser Instinkt der Widerborstigkeit: *Wieso ist er sich so sicher, dass ich ihn nie lieben werde?*

Nach einer Weile sagte Gabriel, so dass Rohana sich fragte, ob er nicht doch über ein wenig *Laran* verfügte und ihre Gedanken lesen konnte: »Rohana, unsere Ehe wurde nicht nur von unseren Familien arrangiert. Ich habe meinen Vater gebeten, um deine Hand anzuhalten, obwohl ich wusste, dass du zu jung für mich bist.«

Sie schaute ihn überrascht an. Warum hätte er so etwas in die Wege leiten sollen? Sie konnte sich nicht erinnern, ihn je zuvor gesehen zu haben, aber vermutlich waren sie sich hier und da während der Ratszeit über den Weg gelaufen. Allerdings war sie damals noch ein kleines Mädchen gewesen und er schon ein junger Mann.

Ach, gesegnete Cassilda, ich könnte es ertragen, wenn ich nur Gleichgültigkeit für ihn empfinden würde. Rohana bemerkte die Feindseligkeit in ihrer Stimme, als sie fragte: »Warum, Gabriel?«

»Nicht nur, weil du schön bist«, sagte er schwerfällig. »Glaub das bitte nicht.«

Er weiß also, dass es mich aufbringen würde, dachte sie. Immerhin hielt er sie nicht für eine jener Frauen, die beleidigt waren, wenn man ihnen ihrer Schönheit wegen nicht dauernd Komplimente machte. Von diesen Frauen hatte sie viele gekannt.

»Weil ...«, erklärte er leicht stockend. »Einst, als ich kam, um deinen Bruder zu besuchen, sah ich dich singen und auf einer *Rryl* spielen. Ich liebe Musik mehr als alles andere – abgesehen vielleicht von meinen Pferden –, und der Gedanke, dass wir etwas gemeinsam haben ...«

»Du liebst Musik?«

»Ich kann aber kaum ein Instrument spielen«, sagte er. »Ich wurde mit ungeschickten Händen geboren, die nicht nach meinem Willen agieren. Aber vor dem Stimmbruch war ich erster Sopran im Chor von Nevarsin. Man sagt mir nach, ich hätte noch immer eine angenehme Stimme, und ich singe gern. Es würde mich mehr als alles andere glücklich machen, wenn eins unserer Kinder musikalisch wäre. Ich schätze diese Gabe höher ein als jedes *Laran*.«

»Ich habe dich heute Abend singen hören«, gestand Rohana – *eins dieser schrecklich rüden Trinklieder* –, »du hast tatsächlich eine schöne Singstimme.«

»Ich freue mich, dass dir etwas an mir gefällt«, sagte Gabriel und musterte sie mit einem leicht hoffnungsvollen Lächeln. »Ich habe noch nie eine Braut gesehen, die so unglücklich aussah, und konnte die Vorstellung nicht ertragen, dass du mich vielleicht jetzt schon nicht magst.«

»An dir ist nichts, das ich nicht mag«, sagte Rohana schnell und impulsiv. Als er lächelte, fühlte sie sich an einen zutraulichen Welpen erinnert.

»Hältst du nun weniger von mir, weil ich nicht wie ein Mann trinken kann? Meine Brüder ziehen mich ständig auf, weil ich nicht viel Wein vertrage und er mich oft krank macht. Sie sagen, ein Bräutigam beleidigt seine Braut, wenn er nicht auf sie anstoßen will. Sie meinen, ich sollte mich wenigstens einmal im Leben ordentlich betrinken.«

»Du brauchst nie auf mein Wohl zu trinken. Ich kann Trunkenheit nicht ausstehen«, sagte sie und ertappte sich bei dem Wunsch, dass Gabriel so blieb.

Er lächelte matt. »Ich hatte Angst, ich könnte mich vergessen, wenn ich zu viel trinke, und dich grob behandeln«, fuhr er fort. »Als ich mit Catalina verheiratet war ...« Er wandte den Blick von ihr ab. »...haben sie mich einmal überredet, betrunken zu ihr zu gehen ... Da hatte ich auch Angst ... Und es hat lange gedauert, bis sie sich nicht mehr vor mir ... gefürchtet hat. Ich glaube, ich war auch nicht ganz frei von Furcht, als sie starb.«

»Wie schrecklich für dich!«, sagte Rohana, ohne darüber nachzudenken.

»Und für sie. Das arme Mädchen. Ich wollte nicht das Risiko eingehen, dich zu verängstigen.«

»Ich glaube nicht«, sagte Rohana, von einer spontanen Regung erwärmt, »dass ich mich je vor dir fürchten könnte, Gabriel.«

»Mögen die Götter verhüten, dass du je einen Grund dazu hast.« Kurz darauf sagte er: »Wenn ein Mann eine ... Geliebte oder eine Kurtisane umwerben und dazu bringen kann, für ihn zu sorgen, sehe ich keinen Grund, warum ein Ehemann seine Frau nicht auch wie eine Geliebte umwerben sollte. Vielleicht werde ich dann für dich so wichtig wie der Mann, den du dir selbst ausgesucht hättest.« Seine Augen standen voller Tränen. »Man hat mich immerhin mit der schönsten und edelsten Dame der Domänen verheiratet – mit der, die ich mir überall ausgesucht hätte.«

Wie damals im Turm spürte sie die ansteigende Woge seines Verlangens, und wie damals empfand sie so etwas wie Furcht, die sie leicht nervös machte. Rohana wischte sie fort, damit sie ihn umso heftiger wahrnehmen konnte.

So ist es also. Um seinen Geist ohne Furcht und Zögern zu berühren, brauche ich mich nicht vor ihm zurückzuhalten. Es ist rechtens, ihn haben zu wollen und seine Leidenschaft zu teilen. Es ist sogar meine Pflicht.

Trotzdem empfand sie eine Spur von Trauer. *Wie kann ich je wissen, ob ich es auch wirklich will oder ob ich einfach nur seine Leidenschaft, seine Wünsche und sein Verlangen teilen möchte? Ist von mir selbst nichts mehr übrig?* Als sie ihre Hand in die seine legte und die Arme hob, um ihn zu umarmen, fragte sie sich, ob es überhaupt wichtig war. Ob es wichtig war, dass sie eins waren. Spielte es eine Rolle, wer sich dies zuerst ersehnt hatte? *Ja*, dachte sie, *es spielt eine Rolle, aber für mich ist sie nicht bedeutend genug, um dieser Gemeinsamkeit zu widerstehen. Denn ob ich will oder nicht, man hat mich ihm gegeben. Und da man uns einander gegeben hat, ist es besser, wenn wir uns damit arrangieren.*

Ich könnte ich selbst bleiben und mich widersetzen, wie ich es schon im Turm getan habe. Warum sollte ich Gabriel geben, was ich Rafael damals verweigerte, nur weil unsere Familien uns ohne unseren Wunsch verheiratet haben? Besser gesagt, ohne meinen Wunsch, denn Gabriel möchte mich offensicht-

lich lieben. Ich kann ihm zwar die kalte Schulter zeigen, aber dann erleben wir nichts von dem Glück, von dem ich spüre, dass wir es zusammen erfahren werden. Ich könnte mich zurückhalten und eine unglückliche Ehe führen. Aber ist dieser Preis für meine persönliche Redlichkeit nicht zu hoch? Ich kann mich freilich auch in dieses überwältigende Gefühl verstricken und vielleicht – wenigstens zeitweise – sehr glücklich sein und vergessen, wie es ist, ich selbst zu sein.

Doch wie kann ich etwas anderes sein als ich selbst?, fragte sie sich. *Ist dies nicht auch mein Ich?* Dann küsste Gabriel sie, und sie hatte vergessen, wie es war, wenn man sich Fragen stellte.

Nun lag er tot vor ihr, und sie konnte sich nur fragen, ob sie je gewusst hatte, wie es war, wenn man liebte – oder ob es überhaupt Liebe gab. Sie hatte diesen Mann behütet, sie hatte ihm Kinder geboren und länger als ein halbes Leben mit ihm zusammen verbracht. *Jetzt,* dachte sie, *bin ich allein, und zwar für immer.*

Aber ich bin wieder ich selbst, falls mir einfällt, wer ich bin. Oder warum.

Die Hetzjagd

von Linda Frankel und Paula Crunk

Sherdra freute sich, die letzten Sonnenstrahlen zu sehen. Der untergehende Feuerball warf große rote Farbfelder in den sich verfinsternden Wald, als der junge Katzenmann, dessen rötlich graues Fell mit verkrusteten Flecken übersät war, müde durch die eisigen Dornensträucher hinkte. Vielleicht konnten die vertrauten Schatten der Nacht ihn tarnen, ihm ein sicheres Versteck vor jenen bieten, die ihn töten wollten, auch wenn er bisher kaum mehr erreicht hatte, als sich von ihrem Blickfeld fern zu halten. Weit hinter ihm ertönte das ausgehungerte Geheul der Bluthunde, die ihm noch immer auf den Fersen waren.

Vor mehr als zehn Tagen war Sherdra – soweit er wusste, war er der letzte überlebende Krieger der Feuerträger-Sippe – nach der verheerenden Niederlage seines Volkes von einem Ort geflohen, den die Menschen Corresanti nannten. Vor einigen Tagen hatte er vermutet, der Gardist habe die Jagd aufgegeben. Doch er hatte wohl nur einige Jagdbrüder zur Unterstützung herbeigerufen, die nun in Begleitung von Hunden eingetroffen waren. Warum nur trachtete jemand so inbrünstig nach dem Leben einer Kreatur, deren *Gyar* keine Erwähnung mehr wert war? Vielleicht hatte einer der Menschen entdeckt, dass er der Jagdbruder seines zum Märtyrer gewordenen Führers gewesen war. Sherdra hoffte, dass sie nicht erraten hatten, was er bei sich trug: das Emblem, das seinen Rang und seine Macht anzeigte.

An einem schmalen, kalten Bach sank er auf die Knie und schlürfte gierig Wasser. Plötzlich versteifte er sich und fletschte die Zähne zu einem lautlosen Knurren. Da kam jemand durch den Wald, am Bachufer entlang. Sherdra hastete hinter die Bäume, die ihm guten Schutz boten. Er zog sein Krallenschwert, kämpfte gegen eine schwindelerregende Übelkeit an, wartete grimmig ab und bereitete sich auf das scheinbar Unausweichliche vor.

»Der stolze Bruder Francis ritt eines Tages fort«, erklang zu seiner Überraschung eine Stimme in der Stille des Waldes. »Er wollt' hinauf nach Edelweiß, an einen anderen Ort.«

Sherdra verstand kaum ein Wort. Doch als er durch die Zweige lugte, lächelte er auf seine Weise. Nein, es handelte sich nicht um einen Comyn-Gardisten; es war nur ein verwahrloster, in Lumpen gekleideter Hausierer, der fröhlich vor sich hin schmetterte – und für Sherdras Empfinden auch ziemlich närrisch. Er spannte die Muskeln an, um sich auf sein Opfer zu stürzen.

Der Mann ritt einen schlanken grauen Wallach. Rote Bänder waren in die Mähne und den Schweif des Pferdes geflochten. Ein weniger herausgeputztes Packtier folgte ihm gelassen ...

»Ein Geisterwind jedoch brach los und trübt' ihm den Verstand, so dass man ihn drei Tag' darauf im Haus des Lasters wiederfand ...«

Sherdra leckte über seine trockenen Lippen. Für einen Hunger leidenden Krieger war ein jedes Tier eine anständige Mahlzeit. Nun stellte der Mensch sein schrilles Jodeln ein und bewegte sich langsamer voran, als fühlte er sich plötzlich unbehaglich. Daraufhin erschien es Sherdra angebracht, seine Strategie zu ändern. So schnell und leise wie möglich erklomm er einen für seine Zwecke günstig stehenden Baum.

Komm näher, Vögelchen, flüsterte er stumm und sandte seinen Willen durch das *Seelenauge,* den violetten Edelstein, und über die Bewusstseinspfade, wie sein Jagdbruder es ihn gelehrt hatte. *Komm, flieg in mein Netz hinein ...* Er kletterte höher auf den zottigen Ast hinauf, der über dem schmalen Pfad hing. Der Göttin sei Dank hatte das Pferd des Hausierers, das zweifellos scharfsinniger war als sein idiotischer Herr, ihn noch nicht gewittert.

Sherdras Krallen rutschten an dem eisglatten Ast ab; da ihm schwindelte, hätte er beinahe das Gleichgewicht verloren. Schon wieder verdunkelte sich sein Geist. Er strengte sich verzweifelt an, um ihn zu klären. Das Geheul der flammenäugigen Teufelshunde warf in der qualvollen Enge seines Schädels pausenlos Echos. *Warum hört der Narr sie nicht? Kann ich es wagen, das Risiko einzugehen?* Er bildete sich ein, das Gesicht seiner alten Großmutter vor sich zu sehen. Ihre grünen Augen erglühten im Schein des Lagerfeuers, und er vernahm ihre kehlige Stimme: *Der kluge Jäger weiß, welche Beute er ungeschoren davonkommen lässt ...*

Sherdras Sicht wurde jäh klarer, und er sah, dass ihm keine Wahl blieb. Der Hausierer brachte sein Pferd fast genau unter ihm zum Stehen. Das Tier schnaubte nervös, woraufhin der Mann ihm etwas zuflüsterte, seinen Hals streichelte und sich eifrig umschaute. Sherdra konnte seinen Argwohn und seine Furcht fast riechen. Er holte tief Luft, um sich zu sammeln, dann warf er sich in die Tiefe ...

... und landete mit einem harten Schlag auf dem Rücken des Menschen. Seine Krallen packten zu, gruben sich in die entscheidenden Stellen des weichen, fleischigen Halses. Das verschreckte Pferd tat einen jähen Satz nach vorn und warf seinen Reiter und den Angreifer zu Boden. Der Mensch befreite sich mit einem Schrei aus Sherdras Griff, rollte mehrere Meter über den Boden und sprang keuchend auf die Beine.

Er war zur Flucht nicht fähig. Wie ein bebendes Rabbithorn stand er vor seinem Häscher, von dessen Starren geradezu hypnotisiert. Ein blasses, haarloses Gesicht, helle, von Furcht erfüllte Augen, die unter einem zerzausten, hellen Haarschopf hervorblinzelten. Sherdra warf den Kopf zurück und schrie aus schierer Freude über seinen Fang tollkühn und sorglos auf.

»Bitte deine Göttin um dein Ableben, Nacktling«, knurrte der Katzenmann. Er riss sein Schwert aus der Scheide und sprang erneut vor.

»Nein ...« Der Mensch wich dem Angriff aus und huschte mit der Eleganz eines Feuertänzers aus Sherdras Reichweite. Er war geschickter, als der Katzenmann es einem Menschen zugetraut hätte.

»Ich bitte dich, halt ein«, flehte der Hausierer, indem er sich zurückzog und Sherdra seine unbewaffneten Hände zeigte. »Wir können doch vernünftig über die Angelegenheit reden, wenn du nur meine Waren haben willst. Also?«

Der aufgeregt keuchende Sherdra verwünschte sich, weil er die leichte Beute verfehlt hatte. Nun pirschte er sich noch vorsichtiger an sein Opfer heran.

»Dann tut's mir Leid um dich, du armes Tier«, sagte der Mensch und griff unter seinen Umhang. Er wich dem ausholenden Hieb des Krallenschwertes aus, fuhr herum und tauchte unvermittelt hinter Sherdra auf.

Dieser machte einen Satz, drehte sich und zog mitten in der Luft den Kopf ein. Seine freie Hand schoss vor, und mit den Krallen zerkratzte er das Gesicht des Hausierers. Der Mann schrie jäh auf und wich erneut zurück. Diesmal wankte er.

»Feigling. Kastrat. Mehr hast du nicht verdient«, fauchte Sherdra. Er wünschte sich, seine wahren Kräfte wären weniger erschöpft, denn dann hätte er sein Schwert nicht an diesem Kerl entehren müssen. Ergrimmt setzte er ihm nach und ignorierte die Flammen, die sich langsam durch seine rechte Seite fraßen, wo die alte Verletzung noch eiterte. Er musste der Sache ein Ende bereiten. Er musste es einfach tun.

Doch diesmal blieb der Hausierer stehen. Seine Reflexe waren wirklich ausgezeichnet. Er schwang sein Schwert mit einer kühlen Eleganz, die auf eine lange Praxis schließen ließ. Sein *Schwert?* Ein gewöhnlicher Hausierer besaß ein *Schwert?* Und was für ein gutes. Der Edelstein am Griff leuchtete in den letzten Strahlen der Sonne blutrot auf, als Sherdra gnadenlos und Schritt für Schritt zurückgetrieben wurde. Wer war dieser Mensch? Wie, im Namen der Göttin ...?

Sherdra wich einem raschen, gefährlichen Hieb aus. Doch zu spät: Die Klinge des Hausierers schlitzte ihm die rechte Schulter auf.

Unter gewöhnlichen Umständen hätte Sherdra sich schnell von diesem unerwarteten Angriff erholt und wäre auf der Stelle mit dem Falken fertig geworden, der sich als Sperling tarnte. Doch die Gedanken wirbelten durch seinen Kopf und kollidierten miteinander. Sein Augenlicht war zu schlecht. Dem nächsten Hieb entging er daher nur instinktiv. In diesem Nebel aus Schmerz und Verwirrung hatte er keine Chance, gegen den Menschen zu bestehen. *Glutäugige Wölfe sprangen ihn in der Dunkelheit an ...*

Nein! Es darf nicht sein! Er durfte einer solchen Gestalt nicht unterliegen. Verzweifelt holte er zu einem heftigen Hieb gegen den Kopf des Hausierers aus. Eine feste Hand wehrte ihn ab, und Sherdra sank atemlos in die Knie. In diesem Moment hätte der Mensch einen tödlichen Hieb ausführen können. Doch er trat zurück und verbeugte sich mit einer Ironie, die der Katzenmann, der sein Gegenüber durch einen roten Nebel anstierte, nicht verstand ...

Sherdra spürte, dass seine letzten Kräfte ihn verließen, das Schwert fiel ihm aus den tauben Fingern. So war es also. So musste es sein. Niederlage und Tod. Sie mussten ein und dasselbe sein, wie die *Gyar* es verlangte.

Großmutter, du hattest Recht. Ich hätte nicht ... »Ach, Ashyr«, sagte er leise zu seiner Zwillingsschwester, die seit langer Zeit so fern von ihm war. »Du musst das Lied meines Ablebens für mich spielen ...«

Scheinen die Monde auf die Bergkette der Letzten Jagd?
Vielleicht, doch die Göttin konnte diese abscheulichen menschlichen Züge kaum geschickt haben, um ihn eine Ewigkeit lang zu verhöhnen. Trotz all seiner Mängel musste es doch eine göttliche Gerechtigkeit geben. Verdammt! Warum hatte der Narr ihn nicht einfach umgebracht, als die Zeit reif gewesen war?

Der Bursche fletschte die Zähne. Es war jedoch keine Geste der Feindseligkeit, denn er hatte einen Streifen von seiner zerlumpten Kleidung abgerissen, um Sherdras Wunden zu verbinden. Ein Bild, wie fremde Hände ihn wuschen, ließ Sherdras sämtliche Sinne revoltieren. In den Augen des Menschen flammte etwas auf. *Etwa Besorgnis?* Sherdra krümmte sich unter der Berührung einer nackten, haarlosen Gliedmaße. Doch als die Hand ihn losließ, nahm sie auch viel Schwäche und das feurige Pulsieren mit. Nein, es konnte kein gewöhnlicher Hausierer sein. Die heilende Berührung ... war irgendein Comyn-Trick, um ihn lebend zu fangen. Sherdra verwünschte seine Hilflosigkeit und bediente sich dabei sämtlicher Obszönitäten von fünf Sippen. Hätte er weitere gekannt, hätte er auch sie sehr gern in einer Reihe eloquenter Knurrlaute ausgestoßen.

»Jetzt hör mal gut zu. Ich weiß, dass ich keine Schönheit bin, aber das ist doch kein Grund, wütend zu sein.«

Unverständlicher Jargon. Aber der Tonfall erschien Sherdra ziemlich umgänglich. Sein Comyn-Häscher konnte sich Großzügigkeit leisten. Sherdra beschloss, sich von seinem einleitenden Geplänkel nicht beeinflussen zu lassen. Er schirmte seine Gedanken gegen jegliches Eindringen ab. Sein Feind würde nichts erfahren.

Der Mensch hielt ihm etwas zu trinken an den Mund. Sherdra spuckte es aus und schlug schwach nach dem hässlichen Gesicht, das noch immer über ihm war. In letzter Sekunde riss der Mensch seinen Kopf zur Seite.

Der Hausierer sagte noch etwas. Sein Tonfall war jetzt merklich härter. Seine Augen mit den weiß umrandeten, fremdartigen Pupillen waren beängstigend starr auf Sherdra gerichtet. Der Katzenmann bedeckte sein Gesicht mit den Händen. Nicht aus Angst, sondern vor Bestürzung, weil der Mensch ihm so wenig Respekt zollte. Seine geheuchelte Liebenswürdigkeit verursachte in ihm nichts als Übelkeit.

»Wäre ich doch nur halb so vernünftig wie am Tag meiner Geburt ...« Der Mensch schüttelte den Kopf und erhob sich. Sherdra legte einen Arm über sein Gesicht und versuchte zwanghaft, sich gänzlich zu entspannen, indem er vortäuschte zu schlafen. Schließlich gab der Mensch ein zischendes Geräusch von sich und ging fort.

Die Monde – mindestens zwei – warfen ihr mattes, kaum erkennbares Licht durch den langen, schmalen Eingang einer kleinen Berghöhle. Sherdra empfand Abscheu bei der Vorstellung, dass nackte Hände ihn hochgehoben und hierher getragen hatten. Der Mensch hatte ihn an die Rückwand der Höhle gelegt und in Decken gewickelt, die einen eigenartigen, unbehaglichen Geruch ausströmten. Freilich durfte man als Krieger in einer Notlage nicht von solch närrischem Stolz erfüllt sein. Dank der Göttin war sein Widersacher wohl ein geradezu einmaliger Schwachkopf, denn er hatte Sherdra nicht auf schändliche Weise gefesselt. Er hatte ihm zwar alle Waffen weggenommen, das *Seelenauge* jedoch gelassen.

Vorsichtig enthüllte Sherdra seinen Kopf und blickte sich um. Seine buschigen schwarzen Lauscher zuckten. Das knisternde und zischende Heulen, das von draußen kam, konnte nur ein winterlicher Wind sein, der vor einem bevorstehenden

Frühschneesturm warnte. Er fragte sich, wie lange er schon hilflos hier lag und der zweifelhaften Gnade eines Feindes ausgesetzt war. Aber der einfache Wechsel von Licht und Dunkelheit beunruhigte ihn ebenso wenig wie alle anderen Angehörigen seines Volkes. Er machte sich weitaus mehr Gedanken über die Frage, wie er weiterkam, sobald er aus diesem Notunterschlupf und den Händen seines unheimlichen Gastgebers entflohen war.

Zum ersten Mal seit vielen Lichtern erlaubte er seinen Gedanken, bei Ashyr zu verweilen, die ihn wortlos verlassen hatte. Nun ja, sie hatte klug gehandelt, als sie vor dem Eintreten der Endkatastrophe geflohen war. Er wusste nicht mehr, wann es gewesen war. Zweifellos hatte sie Zuflucht bei ihren im Norden lebenden Verwandten gefunden. Zweifellos.

Zwischen Sherdra und dem Höhleneingang schwelte ein Lagerfeuer. Er genoss zwar die Wärme der rotgelben Flammen, aber er konnte den Anblick der großen, sehnigen Gestalt kaum ertragen, die sich darüber beugte und offenbar etwas kochte. Ein eigenartig würziger, doch verlockender Duft drang an seine Nüstern. In seinen Eingeweiden tobte der Hunger.

Der Mensch murmelte etwas vor sich hin. Was war das? Sang er wieder? Nein, er schien eher zu fluchen. Er verwünschte den Verlust seines Packpferdes, das offenbar durchgegangen und im Wald verschwunden war, als Sherdra sich auf ihn gestürzt hatte.

»Kein Wunder, dass wir immer erfolglos sind, Picaro«, sagte der Bursche zu dem Pferd, das neben dem Feuer angebunden war. Es hörte kurz auf, sein Winterfutter zu zerkauen, und musterte seinen Herrn mit einem finsteren Blick aus braunen Augen, als verstehe es seine Worte und habe Mitgefühl mit ihm.

Sherdra hätte ihn lieber nicht verstanden. Doch ein Teil seines Bewusstseins erkannte allmählich einen Sinn in dem, was der Fremdling sagte. Es hatte mit Sherdras Gabe zu tun – denn er begriff die Worte völlig Fremder, sowohl die ausgesprochenen als auch die gedachten, sehr schnell – dass die Sippenmütter ihn dazu bestimmt hatten, bei fernen und fremden Stämmen als ihre Stimme zu agieren. Er hatte hin und wieder sogar mit einigen menschlichen Händlern aus den Trockenstädten gesprochen, mit denen sein Volk Geschäfte machte. Aber er wäre nie auf die Idee gekommen, dass er jemals die verworrenen und unsteten Gedanken der Comyn verstehen könnte ...

Sherdra überlegte kurz, ob er den Menschen noch einmal durch einen raschen Sprung von hinten angreifen sollte. Doch seine Muskeln hatten gerade mal die Festigkeit von Wasser ... Wasser, danach sehnte er sich jetzt. Es wäre ihm lieber gewesen, er hätte nicht riechen können, was der Hausierer da kochte.

Nur mit Mühe gelang es ihm, seine körperlichen Bedürfnisse zu ignorieren. Der Geist durfte sich dem Willen des schwachen Fleisches nie beugen, und schon gar nicht in Gegenwart von Feinden. So hätte ihn jedenfalls der Großkater beraten: Myor, sein ehemaliger Jagdbruder ...

Ach, Myor, warum hast du nicht auf uns gehört, als Ashyr und ich dich zum Rat der Sippenmütter brachten? Warum hast du dich nicht von dem Pfad abgewandt, von dem sie prophezeit haben, dass er für uns alle nur zu einem unehrenhaften und schrecklichen Ende führt? Ashyr hat die Wahrheit gesprochen.

»Sein Geist ist erkrankt, Sherdra. Er ist tollwütig. Er ist in die Fänge des bösen Dings geraten, das in dem unnatürlich großen Hexenstein lebt, den er so liebevoll streichelt und einsetzt. Er glaubt, es werde Finsternis und tödliches Entsetzen über das Menschenvolk bringen. Doch ihre Zauberer werden

Vergeltung üben. Ich wittere das brennende Fleisch von Lebendigen, und es sind nicht mehr viele Tage bis dorthin. Wir müssen ihn fesseln und von hier fortbringen, damit er geheilt werden kann, Sherdra. Oder ihn töten, um wenigstens die *Gyar* zu retten, die ihm noch verblieben ist.«

Und ich habe gesagt, als ich in seine lachenden, triumphierenden, besessenen Augen schaute: »Das kann ich meinem Bruder nicht antun. Wann hast du uns verlassen, Ashyr? Damals oder erst Tage später? Ich habe dich im Wachkreis bei den Grotten nicht mehr gespürt. Es ist gut, dass dir deine Freiheit am wichtigsten war. Inzwischen bist du bestimmt in Sicherheit.« Lass es so sein, Göttin ...

Nein, nein. Er durfte nicht darüber nachdenken. Wenn er es tat, fiel ihm auch Myor wieder ein. Der brennende Myor. Der riesige, in Flammen ausgebrochene Matrixkristall, entzündet durch die Willenskraft menschlicher Hexenfürsten. Er hatte gebrannt und geschrien, hatte seinen Namen gerufen, hatte um Hilfe gerufen ...

Und ich lag winselnd am Boden, vor Entsetzen gelähmt aufgrund der Visionen, die sie uns entgegenschleuderten: Wölfe, vom Teufel gezeugt ...

Nein. Er wollte nicht daran denken. Er konnte keinen weiteren Wahnsinn riskieren. Das Heulen in seinem Geist war verstummt. So sollte es sein.

Da kommt er wieder. Er sieht, dass ich wach bin, und möchte seine Neugier befriedigen, um mir meine Geheimnisse zu entlocken. Wie ahnungslos er ist. Ach, wäre ich doch nicht so schwach. Trotzdem. Wie wär's mit einem Spiel, kleiner Nacktling? Der Einsatz ist lächerlich gering: Es geht nur um ein Leben.

»Hast du gut geschlafen?«, fragte der Mensch bissig und hielt seinen gezückten Dolch so, dass der Katzenmann ihn leicht erblicken konnte. Dann schien sein Gegenüber zu frösteln und schaute sich mit großen Augen um. Der Blick des Tiers begegnete dem des Menschen, doch es wich ihm verlegen aus. Dann machte es einen schwachen Versuch, sich zu erheben, dann sank es in sich zusammen und miaute klagend.

Der Hausierer dachte eine geraume Weile nach. Es war vielleicht gefährlich, wenn er Mitgefühl mit dem Tier zeigte, das ihn hatte töten wollen. Aber es wirkte noch immer ziemlich hilflos. Außerdem brauchte es etwas. Als Empath konnte er es spüren.

Er trat vorsichtig an den Katzenmann heran. *Mein Name ist Coryn, Fremdling.* »Coryn«, sagte er laut und deutete nachdrücklich auf sich. »Und wer bist du?«

Der Katzenmann gab mit keinem Zeichen zu erkennen, dass er ihn verstand. Er verkroch sich nur noch etwas tiefer in seine Decken.

Natürlich, dachte Coryn. *Wir sind uns zu fremd, um die gleiche Sprache zu sprechen. Es gelingt mir nicht mal gedanklich.*

Er hatte Geschichten von Telepathen gehört, die zwar blutsverwandt, aber dennoch gezwungen gewesen waren, sich in der Sprache der Kopfblinden miteinander zu verständigen, da eine bloße emotionale Distanz sie trennte.

Ich könnte ebenso gut auf einen Stummen einreden. Ich frage mich, ob er überhaupt weiß, wie man den Sternenstein einsetzt, den er bei sich trägt. Er ist nämlich nicht richtig isoliert ...

»Ich will dir nicht wehtun«, sagte Coryn. »Wenn ich es wollte, hätte ich mir dann all diese Mühe gemacht? Wohl kaum. Ich habe in Nevarsin den Eid der Heiler gesprochen, niemandem meine Hilfe zu versagen, auch nicht Geschöpfen wie dir. *Alle vernunftbegabten Lebewesen, egal, wie sie nun aussehen oder wie ihr Geist beschaffen ist, sind in den Augen der schöp-*

ferischen Macht gleich ... So habe ich es versprochen ... Bitte, lass mich dir helfen.«

Er kniete sich neben den Katzenmann, legte die freie Hand auf dessen Stirn und untersuchte ihn mit Hilfe seines Geistes auf weitere Verletzungen. Der Fremdling wich zischend zurück, seine Spucke traf Coryns Gesicht.

Coryn hockte sich auf die Fersen. Mit Mühe konnte er den Impuls unterdrücken, den Katzenmann hochzureißen und ihm eine Ohrfeige zu verpassen.

»Ich darf von einem Wesen wie dir wohl keine Dankbarkeit erwarten«, sagte er und stand mit steifen Gliedern auf. Er war müde und ausgelaugt. Seine eigenen Verletzungen hatte er längst erfolgreich behandelt. Jetzt heilten sie zwar, doch seine neuerlichen Bemühungen, diesem ... Tier beizustehen, ließen die Wunden wieder pulsieren.

Der nun wachsamere Fremdling musterte ihn von der Sohle bis zum Scheitel. Ein kurzer, grollender Laut kam aus seiner Kehle. Coryns verärgerter, doch auch neugieriger Blick verharrte auf seinen blinzelnden, goldenen Augen. »Dann kannst du also doch irgendwie lächeln? Bist du mit dem Schaden zufrieden, den du angerichtet hast?«

Der Katzenmann wedelte mit seiner Klaue in der Luft herum. Coryn fühlte sich unweigerlich erneut beleidigt. Dann schloss der Katzenmann die Augen und lehnte sich an die Felswand, als wolle er seinen aufdringlichen Gastgeber zurückweisen.

Coryn seufzte und wollte sich umdrehen, doch er überlegte es sich anders. Das Geschöpf war schwach und müde, gewiss, doch die Erinnerung an ihre Begegnung war in Coryns Geist noch frisch.

»Es missfällt mir zwar irgendwie, dich zu fesseln, aber ich möchte nicht, dass du dich auf mich stürzt, wenn ich es gerade nicht erwarte ...« Er berührte den Fremdling leicht an der

Schulter, der daraufhin zurückfuhr, als röche Coryn übel. *Das arme Vieh muss bald etwas essen,* dachte er. *Ich bin nicht darauf erpicht, einen gefesselten und wütenden Gefangenen zu füttern. Und der Sturm, der sich draußen zusammenbraut, wird uns schüchterne Gefährten mehrere Tage hier festhalten ...*

»Sieh mich an«, sagte er grob – er schrie die Worte fast hinaus –, »sonst schüttle ich dich aus deiner verdammten Haut! Sieh ...« Er stampfte mit dem Fuß auf und kam sich dabei irgendwie lächerlich vor.

Der Katzenmann gähnte ausgiebig, öffnete aber nicht mal eins seiner gelben Augen.

Coryn versuchte sich zu erinnern. Irgendwann hatte er einen alten Händler – laut eigener Aussage (wenn sie auch höchst unglaubwürdig gewesen war) ein ehemaliger Gefangener des Katzenvolkes – etwas beschreiben hören. Langsam machte er die Gesten für *Frieden* und *Waffenstillstand*. Er wiederholte sie, doch sie blieben offenbar wirkungslos.

»Na schön. Dann erzähle ich dir eben noch etwas.« Er nahm einen stabilen, gerade ausreichend langen Strick aus einer geräumigen Tasche seines Hausiererumhangs. Er wedelte vor der Nase des Katzenmannes damit herum und stellte dann pantomimisch das Fesseln von Händen und Füßen dar. Anschließend warf er den Strick auf den Boden und malte noch einmal das Friedenszeichen in die Luft. Mieze hätte nicht gelangweilter dreinschauen können.

»*Pr'ya hoom*«, grollte das Lebewesen. »Ska dahasa *tush* ...«

Coryn bemerkte zwar den Spott, verstand aber die Worte nicht. »Ich nehme an, ich ähnele dem armen zungenlosen Narren, den ich unlängst auf dem Volksfest gesehen habe und der einer Bande provinzieller Idioten seine Wünsche mit Hilfe von Gesten verdeutlichen wollte«, sagte er wehmütig. »Heilige Lastenträgerin, du weißt, dass ich *wirklich* ein Idiot bin! Ich habe ihm nun erzählt, was ich tun muss, und ich nehme an, es bedeutet weitere Bisse und Kratzer für den armen Coryn. Ich tue es zwar nicht gern, aber ...« Er schlang den Strick um die rechte Hand und griff erneut nach seinem Messer. Der Fremdling knurrte leise und ging halb in die Hocke.

»Greif mich bloß nicht wieder an«, sagte der Mensch.

Plötzlich attackierte ein sengendes Bild seinen Geist: Er sah einen ausgemergelten Katzenmann, der an einem finsteren Ort angekettet war und heulend herumtanzte ... *Ein beschränkter Irrer, das lange Fell von den eigenen Exkrementen beschmutzt, gefesselt, wie das Volk es keinem anderen angedeihen ließe, aber er ist sehr krank und kann mit dem Geist so gut verletzen wie mit den Krallen. Die Alte, die ihn unbeteiligt kalt pflegt, war seine andere ... Bring diese* (unverständlich) ... *Schande nicht über mich ...*

Coryn erstarrte. *Ich höre dich,* sagte er auf telepathischem Wege. *Doch die Bedeutung ... nur ein wenig. Aber das Gefühl – ah, kannst nicht auch du versuchen, mich zu verstehen?*

Er tastete eifrig um sich, ohne dass der abgeschirmte fremde Geist reagierte. Der Katzenmann stand langsam auf und Coryns Muskeln spannten sich.

Mit einer schnellen, fließenden Bewegung formten fellbedeckte Hände das Friedenszeichen. Coryn erkannte, wie unvollständig und unbeholfen seine eigene Geste gewesen war.

Nickend wiederholte der Mensch die Handbewegung. Ein Blick aus Bernsteinaugen, die ihn nun weniger hart musterten, traf den seinen. Dann setzte der Fremdling sich wieder hin. Er zitterte leicht.

»Vielleicht können wir doch lernen, miteinander zu reden«, sagte der junge Mann. »Aber im Moment lasse ich dich in Ruhe. Möchtest du vielleicht etwas essen?«

Coryn hinkte zum Lagerfeuer. Ihm war sehr kalt. Er nahm den dampfenden Teekessel von den Kohlen und goss eine wohlriechende Flüssigkeit in eine Trinkschale. Er trank mit kleinen Schlucken, genoss die Wärme der Schale an den kalten Fingern, und eigenartige Gedanken tauchten in den schläfrigen Strömungen seines Bewusstseins auf.

Ich habe noch nie einen Katzenmann gesehen. Bis vor kurzem habe ich geglaubt, sie würden nur in den Schauergeschichten existieren, die meine alte Tante mir früher erzählt hat, um mich einzuschüchtern, damit ich mich anständig benehme ...

Trotzdem ist er ein wunderschöner Wilder – und verfügt auch über Laran. *Unglaublich! Ob er sich diese Verletzungen in Corresanti zugezogen hat? Im Gasthof von Vandemyr habe ich einigen Tratsch gehört ... Dort könnte ich jetzt weilen, so zufrieden, wie ein armer Mann nur sein kann, unter der Decke neben der entzückenden Illona, in ihrem breiten Bett, am Feuer ... Tratsch, dem ich, wie üblich, kaum Gehör geschenkt habe ... über irgendein Katzenvolk, das sich an einer illegalen Matrix zu schaffen macht ... Irgendetwas Haarsträubendes, dass sie die gesamte Alton-Domäne terrorisiert haben, bis ausgerechnet Damon Ridenow sie nach einem wilden Kampf in die Flucht geschlagen hat! Tja, ich war nun seit über einem Jahr nicht mehr in diesen Gefilden. Ich frage mich ... Aber jetzt muss ich mich um die Bedürfnisse meines Gastes kümmern.*

Er füllte eine weitere Teeschale, nahm eine Portion Eintopf und brachte beides dem Katzenmann, um es ihm mit einem zaghaften Lächeln anzubieten. »Ich hoffe, du magst gekochtes Essen.«

Der Fremdling beschnupperte die Speisen argwöhnisch, dann wandte er das Gesicht ab. Coryn hätte sich am liebsten verflucht, doch im Kloster hatte er manch schmerzhafte Lektion in Sachen Geduld gelernt. »Schau«, sagte er. Er trank einen Schluck Tee und verzehrte einen Bissen des Eintopfes. »Wenn es vergiftet ist, können wir gemeinsam ein Sterbelied anstimmen. So ein schlechter Koch bin ich nun auch nicht.«

Doch der Katzenmann ignorierte ihn weiter und starrte mit steinerner Miene auf eine Stelle genau hinter Coryns Rücken. Der Mann biss sich auf die Lippen. Natürlich wäre es zweckmäßiger gewesen, das Essen und einen Wasserkrug dorthin zu legen, wo sein unwilliger Gast beides erreichen konnte, um sich dann zurückzuziehen. Aber mehr konnte er im Moment nicht tun, denn am liebsten hätte er sich vor Übelkeit zusammengekrümmt, auch wenn er wusste, dass sie nicht die seine war. So deutlich spürte das Schwindelgefühl des Katzenmannes und das Nagen seines mörderischen Hungers.

»Du armer, stolzer Narr – du kannst natürlich nicht wissen, dass du mir ein starkes Unbehagen bescherst. Ich bezweifle, dass man dich je richtig geschult hat, damit du dich wie ein Telepath verhalten kannst. Ich war auch nie sehr erfolgreich darin, mich vor den Schmerzen anderer abzuschirmen. Ich nehme an, es ist der einzige kleine Nachteil der Ridenow-Gene.«

Coryn holte tief Luft. Er begriff, dass der Katzenmensch, auch wenn er mit ihm einen »Waffenstillstand« geschlossen hatte, noch lange nicht bereit war, von einem Feind etwas zu essen entgegenzunehmen.

Vater würde sagen, dass mein Mitgefühl meinen gesunden Menschenverstand wie üblich dominiert. Ich hätte ihn einfach dem Tod überlassen sollen. Dann hätte er seine Strafe gehabt. Aber ich kann mir nicht aussuchen, wem ich helfe ...

Feuerträger oder wie du auch heißen magst, hör zu: Ich habe versprochen, dir nicht wehzutun, und ich habe es ernst gemeint. Es ist kein Trick, bei meiner Ehre. Du musst essen, damit du wieder zu Kräften kommst ...

Natürlich brachten seine schönen Worte kein Ergebnis. Wie schon so oft, wenn er Kranke gepflegt hatte, die nichts essen wollten, beschwor Coryn Bilder des Friedens und Heilens. Er dachte an die kräftige Brühe, die kalte Knochen erwärmte und dem Blut neues Leben, Heilung und Frieden brachte ... Frieden ... Er streckte erneut die Hand aus, um ihn zu berühren und zu besänftigen.

Ah, Vögelchen, dir ist kalt. Suche Zuflucht an meinem Herzen.

Ja, ihm war sehr kalt. Er beugte sich vor und schaute in die strahlenden Bernsteinaugen. Sie waren sehr klug, sehr schön und verlockend. Jemand sang mit heiserer, fast unverständlicher, doch nicht unschöner Stimme von der Heimat. Er war *wirklich* zu Hause. Sicher und warm. Seine Mutter wiegte ihn an ihrem Busen und streichelte sein Fell. *Sein Fell?* Sein Vater war nicht mehr wütend auf ihn. Er würde es auch nie mehr sein. Die kalte, eherne Barriere schmolz dahin, gab nach. Der Katzenmann – *Sherdra* – glühte in Lohen sanften, ihn willkommen heißenden Feuers. Er streichelte die Hand des anderen. Sie war so samtig, so ...

Coryn fuhr gerade noch rechtzeitig zurück und ließ den Dolch zwischen ihnen aufblitzen. Die spitzen Krallen hatten seine Kehle fast erreicht. Die gelben Augen sprühten Funken, als der Katzenmann wie in Zeitlupe zurückwich.

»Bei Zandru! Was hast du mit mir angestellt?«

Der Katzenmann stieß einen leisen, verwirrten Laut aus. Er wirkte gezähmt, gab keinen Laut von sich und hockte wie bedrückt und todmüde vornüber gebeugt da. Er war scheinbar nur eine Bestie mit grauem Fell und spitzen Fängen. Seine hohlen Augen ruhten auf Coryn, als nähme er ihn gar nicht wahr.

Der Mann wich zurück und rieb sich den Schädel. Hatte er sich etwa eingebildet ...? Dann lachte er auf. Die Lauscher des Katzenmannes versteiften sich bei dem eigenartigen Geräusch. Er drehte den Kopf fast schüchtern zur Seite.

Ich dachte, wir hätten einen Waffenstillstand ausgehandelt.

Aber ich gratuliere dir, vai Laranzu, *für deine ausgefeilte Technik.*

Coryn wusste zwar, dass seine Ironie dem Katzenmann entging, aber es war ihm jetzt egal. *Die Frage ist, was ich nun mit dir anfange – Sherdra. Welche Ketten werden deine Krallen von meiner Kehle – und meinem Geist – fern halten?*

Halt du nur deine ... Krallen ... von mir fern, Comyn.

Sherdra hievte sich keuchend auf die Beine. Coryn zog sein Schwert und ging in Verteidigungsstellung.

Unter der dunklen Flut von Sherdras Zorn machte sich Erheiterung bemerkbar.

Was? Du fürchtest dich noch immer vor mir? Du, der du stark und kaum verletzt bist, während ich ... Du bestimmst im Moment das Spiel und du solltest deinen Vorteil nutzen. Angst vor ein paar ... Bissen und Kratzern? Ich würde von jemandem, der sein Wort so leichtfertig gibt, nicht mehr erwarten.

Du bezichtigst mich, mein Wort zu brechen? Du elende, verräterische, verlogene Bestie! Ich wollte dir nur helfen, dich heilen – selbst dann noch, als du mich verletzt hattest. Nun beweist du, dass mein erster Impuls richtig war ... Ich hätte dir die Kehle aufschlitzen und dich den Aasvögeln zum Fraß vorwerfen sollen ...

»Dann komm doch, Vögelchen«, lockte Sherdra ihn, »und korrigiere deinen Fehler!« Er klatschte in die Hände, um den Mann herauszufordern.

Coryn machte einen Schritt nach vorn.

Sherdra drückte sich an die Höhlenwand und schwang die Klauen. *Warum zögerst du? Du hast etwas gewagt, was nicht mal ein im Exil geborener sippenloser Schlappschwanz wagt. Du hast versucht, dich auf telepathischem Wege mit einem Feuerträger zu verständigen, obwohl ein Waffenstillstand zwischen ihnen ausgesprochen wurde – da ist es doch sicher nicht schwer, einen unbewaffneten Feind zu töten. Komm her,* Comyn, *du langweilst mich allmählich.*

Coryn lächelte nur kurz und senkte das Schwert. »Warum sollte ich meine Energie verschwenden? Ich brauche nur abzuwarten. Da du nichts aus meinen Händen annehmen willst, wird es nicht lange dauern, bis du verhungerst und der Schmerz dich so hilflos macht wie ein ... ein krankes Kätzchen ...« *Überlege es dir genau, Sherdra, bevor du einen weiteren selbstmörderischen Angriff auf mich unternimmst. Ich bin deine einzige Hoffnung, wenn du überleben willst. Ich an deiner Stelle wäre freundlicher.*

Ich habe dir nicht gestattet, meinen Namen auszusprechen.

»*Jetzt hör mal ...*«

Es reicht. Du hast mich mit deiner Berührung schon genügend beschmutzt. Ich werde dir nicht länger zuhören.

Damit richtete sich die eigenartige Barriere wieder auf, auch diesmal war sie undurchdringlich.

Coryn stieß ein paar Worte hervor, die seine ehemaligen Lehrer im Kloster heftig erschreckt hätten.

»Du setzt dich also lieber hin, bevor du umfällst, was? Na schön, dann tu, wie es dir beliebt.«

Er wandte sich sichtlich beleidigt von dem Katzenmann ab und trat wieder ans Feuer. »Ich werde es genießen, wenn du mich anbettelst«, stieß er über die Schulter hinweg hervor.

Sherdra, dessen Geist längst wieder in anderen Gefilden weilte, bekam davon nichts mit. Die Vision eines Alptraums stürmte gegen die Barrieren seines Bewusstseins an. Seine Schwester Ashyr, von Wölfen umgeben. *Nein! Ich dachte, du seist in Sicherheit!* Er stieß einen klagenden, leisen Protestlaut aus.

Der Mensch, der sich um das Feuer kümmerte, drehte sich um und lachte. »Du kennst den Preis deines Stolzes also schon? Hast du bemerkt, dass du hungrig bist?«

Dann stellte Coryn ungläubig fest, dass Sherdra weinte, wenn auch nicht auf eine Weise, die ihm vertraut war. Der Katzenmann torkelte mit ausgestreckten Armen vorwärts und tastete um sich, als sei er halb blind. Bevor Coryn ihn erreichen konnte, brach er zusammen.

Und erneut ruft die Blutsverwandtschaft vergebens um Hilfe ... Sherdra spürte, dass die Hände des Menschen die seinen grob packten und die Krallen von seiner Kehle entfernten. Dann spürte er nichts mehr, ihn umgab eine gnädige, alles verschleiernde Dunkelheit.

Als sie sah, dass der schmale Bergpfad vor ihr von einem riesigen, unpassierbaren Erdrutsch blockiert war, wusste die Frau, dass sie keine Chance mehr hatte. Es war idiotisch gewesen, sich hierher jagen zu lassen.

Und sie war eine doppelt verfluchte Närrin, denn sie hatte sich in dem Bemühen, Richtung Norden zur Grenze der Jagdgründe ihres Volkes in die ersehnte Sicherheit zu gelangen, aus dem wenige Tage zuvor gefundenen sicheren Versteck hervorgewagt. Erschöpft und geistig ausgelaugt, hatte sie gerade so lange ruhen wollen, bis sie es wagen konnte weiterzufliehen. Doch obwohl Ashyr gewusst hatte, dass es in den Wäldern von menschlichen Jägern und ihren Bluthunden nur so wimmelte, war sie am frühen Morgen sorglos aus dem Versteck gekrochen – getrieben von der deutlichen Witterung ihres Bruders Sherdra, der sich irgendwo im Süden aufhielt und bedrängt und verzweifelt war.

Dann hat er den Todesort unserer Sippe also doch verlassen und ist mir gefolgt. Zumindest dies ist von Bedeutung.

Doch er hatte auf ihren Ruf nicht reagiert, und Ashyr besaß keinen Hexenstein, um ihn aufzuspüren. Doch in der Gewissheit, dass er sie brauchte, war sie entschlossen weitergegangen und hatte sich in Windeseile durch die Wälder bewegt, in denen es überall nach ihren Feinden roch.

Auf einem hohen Grat, der in ein schmales, enges Tal auslief, hatte sie eine frische Spur Sherdras gefunden. Sie rannte fast und hatte unachtsam seinen Namen gerufen, obwohl ihr klar gewesen war, dass er nicht in ihrer Nähe sein konnte. Der Schreck, der ihr in die Glieder gefahren war, als die menschlichen Jäger aus der schützenden Dunkelheit heraus aufgeschrien hatten, und das triumphierende Aufheulen der Hunde ließen ihre Nerven noch immer vibrieren, auch jetzt, als sie hilflos dastand und ihren Tod erwartete. Sie hatte jedes ihr bekannte Mittel angewandt, um den Hunden und ihren Herren zu entgehen, doch erfolglos. Sie fragte sich, ob Sherdra je erfahren würde, wie sie ihm geholfen hatte. *Wahrscheinlich haben sie ihn gejagt, aber jetzt werde ich ihnen zum Opfer fallen.*

Nun hetzten sie hinter ihr den Weg hinauf: magere, schwarze wolfsähnliche Hunde, die noch größere Mordlust verspürten als ihre Herren. Noch waren sie zwar nicht in Sichtweite, aber Ashyr wusste, dass sie nur wenige Meter entfernt waren. Mit dem geübten Auge des Kletterers musterte sie die Felswand zu ihrer Rechten und bemerkte, dass sie keinen ausreichenden Halt für ihre gesunde Hand bot, um sich hinaufzuziehen und dem sicheren Tod zu entkommen. Sie eilte an den Wegesrand und blickte in die Tiefe. Warum machte sie sich Sorgen? Alles war so, wie sie es vorhergesehen hatte. Irgendeine verrückte Dämonenhexe hatte eine glatte Kluft in das Gestein gerissen. Der im Dunst verborgene Abgrund ließ sie schwindeln.

»Heilige Göttin!«, schrie Ashyr laut in dem Wissen, dass es kein Entkommen mehr gab.

Sie hätte springen sollen. Sie war zu müde, um den Tod ernsthaft zu fürchten. Aber es gab keine größere Schande für eine Feuerträgerfrau und Wächterin der heiligen Flamme, als von den Tieren der Nichtmenschen in Stücke gerissen zu werden.

Sie hätte springen sollen. Doch just in dem Moment, in dem sie ihre bebenden Muskeln zum Sprung spannte, regte sich das neue Leben in ihrem Leib. *Meine Kinder. Sie haben etwas Besseres verdient.* Sie hätte an sie denken sollen, bevor sie sich – und die beiden – so voreilig in Gefahr gebracht hatte. Sherdra hätte ihr für ihren mangelnden Weitblick eins hinter die Ohren gegeben. Sie trug für ihr dezimiertes und geschlagenes Volk ein viel kostbareres Geschenk bei sich als er.

Vielleicht konnte sie dort, zwischen den herabgestürzten Felsen, Stellung beziehen, sich sogar verstecken. Ashyr fuhr herum und rannte auf den Erdrutsch zu.

Der erste Hund tauchte schon auf und stieg um die ersten Felsbrocken herum. Er bellte wütend und stürzte sich mit aller Kraft auf sein Opfer. Ashyr trat geschickt zur Seite und versetzte ihm einen festen Hieb. Sein Fell war bis auf den Knochen aufgerissen, und aus dem dunklen Kopf spritzte Blut. Winselnd wurde er zurückgeschleudert und wollte davonkriechen.

Ashyr schlug ihre Krallen mit voller Wucht in seinen Leib. Mit einem triumphierenden Schrei schleuderte sie ihn von der Klippe.

Aber sie hatte sich zu lange aufhalten lassen. Nun war sie von dem ganzen Rudel umgeben, das sie anfauchte, Scheinangriffe ausführte und ihr den einzigen Fluchtweg versperrte. Ashyrs Schwert blitzte auf und trank das Blut einer anderen wolfsartigen Kehle. Erneut setzte einer der Hunde zu einem Sprung auf sie an. Sie trat ihn mit aller Kraft beiseite und sprang zurück, um dem nächsten Angreifer auszuweichen. Im letzten Augenblick fing sie sich. Hinter ihr ging es steil in die Tiefe, sie wankte am Rande des Abgrundes.

Da zogen sich die überlebenden Hunde unerklärlicherweise

zurück. Ashyr hatte den Eindruck, als murmelten sie sich gegenseitig etwas zu. Einen rauschhaften Moment lang malte Ashyr sich aus, die Meute bespräche die Lage. Sie begegnete ihren feuerhellen, hohlen Augen mit einem Lächeln und zeigte ihnen die Zähne. Als hätte das Schicksal ihrer Artgenossen sie gewarnt, kamen die Hunde nun langsamer und mit gesträubtem Fell auf sie zu – doch in grauenhafter Lautlosigkeit.

Ashyr nahm sich vor, einige von ihnen mitzunehmen. Sie tänzelte einige Schritte vom Abgrund fort, um die Hunde anzulocken, damit sie mit ihr zusammen in die Tiefe stürzten. Der Leithund des Rudels knurrte erbittert. Dann blieb er stehen und verharrte an seinem Platz. Die anderen folgten trotz ihres offensichtlichen Blutdurstes seinem Beispiel. Als Ashyr eingekesselt war, fragte sie sich, welcher Herr die Tiere wohl so gut dressiert hatte.

Da zerrissen grobe Laute aus Menschenkehlen und das ungleichmäßige Trampeln von Pferdehufen die unnatürliche Stille. Ashyr entdeckte mehrere Menschen, die auf ihren Rössern den Hang hinaufritten. Ein hochgewachsener, dünner Mensch in Grün und Schwarz führte die Gruppe an. Sein spärlicher Kopfpelz zeigte die ihr allzu vertraute und verfluchte Farbe eines äffischen Hexenfürsten. Sie sah in seiner linken Hand ein Schwert aufblitzen. Außerdem erspähte sie ein aufgerolltes Seil in seiner Rechten. Wollte man sie also trotz alledem gefangen nehmen?

Der Gardist schrie auf sie ein und gab seinem Pferd die Sporen. Ashyrs Blick weitete sich angesichts dieses dummen Verhaltens. Sie zuckte sogar beinahe mitleidig zusammen, als das Pferd des Menschenfürsten über einen überraschten Hund stolperte. Fluchend prügelte der Mensch die Meute aus dem Weg, doch sein Ross rutschte erneut aus, nach links diesmal, auf einer vereisten Stelle. Der Reiter wäre beinahe abgeworfen worden. Er kämpfte um sein Gleichgewicht, deutete mit dem

Finger auf Ashyr und schrie seinen Genossen hinter ihm etwas zu.

Das ist zwar alles sehr erheiternd, dachte Ashyr, *aber ich muss jetzt gehen.* Die Hunde taten ihr Leid. Die Plumpheit ihrer Herren hatte ihre ganze Schwerarbeit zunichte gemacht.

Zwei der Menschen waren abgestiegen und eilten auf Ashyr zu. Die maß sie nur mit einem verächtlichen Blick, dann drehte sie sich um und stellte sich der Leere. »Vergebt mir, Kinder«, flüsterte sie der Tochter und dem Sohn zu, die nun ungeboren bleiben mussten. »Nimm uns freundlich auf, Göttin ...«

Später sollte ein Gardist schwören, die Frau habe während des Sprungs von der Klippe gelacht.

Als die Nacht endgültig hereinbrach, hatten die Männer einen Platz unter einem Felsvorsprung gefunden. Er bot ihnen vor dem anschwellenden Wind, der ihnen nun Eis und Schnee ins Gesicht wehte, eine gewisse Deckung. Der Gardist aus Thendara – ihr Anführer und Arbeitgeber – hatte sie, so schwer es auch zu glauben war, überreden wollen, die Spur wieder aufzunehmen. Offenbar war das Geschöpf, das sie bis in den Tod verfolgt hatten, nicht dasselbe gewesen, hinter dem *Dom* Julian her war. Er wollte ein Männchen, kein Weibchen.

»Was macht es für einen Unterschied?«, murmelten die erschöpften Männer unter sich. Der alte Dakstar sprach es aus: Eine tote Katze war wie die andere. Und *Dom* Julian hatte ihnen vor sieben Tagen, als er sie für die Hetzjagd angeworben hatte, versprochen, es werde nicht länger als drei Tage dauern, um das Biest entweder zu fangen oder zu dem Schluss zu gelangen, dass es ihnen entwischt war. Glücklicherweise hatte Kraigan, der Fährtensucher, der wohl etwas von den Methoden der Comyn verstand, den jungen Fürsten mit der versteinerten Miene überzeugt, dass sie sich bei dem Wetter wenigstens einen Unterschlupf für die Nacht suchten.

»Sonst ritten wir genau jetzt durch diese bittere Kälte«, sagte der junge Carlo zu Dakstar und legte noch einen Holzscheit auf das Feuer. »Was will er überhaupt? Eine Trophäe, die er an die Wände seiner Burg hängen kann? Wenn dem so ist, steige ich in diesen Abgrund hinab und hole sie für ihn. Ich bringe sie ihm mit Zähnen und Klauen, Stummelschwänzchen inklusive.«

»Sei nicht albern, Junge ...«

»Er hat versprochen, uns gehen zu lassen, sobald die Jagd beendet ist. Meiner Meinung nach ist sie beendet. Weißt du was? Er hat sogar gesagt, wir sollen den Weg bis dorthin zurückgehen, wo wir angefangen haben, um die *richtige* Spur aufzunehmen, nach Vandemyr. Dakstar, Dakstar, ich hätte trotz des Lohnes, den er uns versprochen hat, nicht mitgehen sollen. Meine Alyssa wird sich Sorgen um mich machen. Außerdem ist es bei ihr bald so weit ...«

»Pssst!« Der ältere Mann warf einen nervösen Blick nach hinten – auf *Dom* Julian, der ein ganzes Stück von ihnen entfernt auf einem Felsenhügel stand und den Anschein erweckte, ins Nichts zu starren. Erneut fiel Dakstar auf, dass der Gardist eher einer Statue als einem lebendigen Wesen glich. Von ihrer Unterhaltung schien er nichts wahrzunehmen, und doch ...: »Pssst, Carlo. Er hat ein ausgezeichnetes Gehör. Diese Comyn können jedem Menschen in den Schädel blicken, als wäre er aus Glas. Sie nehmen jeden Gedanken wahr, den man hat.«

»In dieser Hinsicht hat er aber nicht viel von einem Comyn«, erwiderte Carlo. Seine braunen Augen blitzten auf. »Er ist nur der Neffe eines kleinen Adeligen. Ich habe gehört, dass er es Kraigan eingestanden hat. Außerdem würde er nicht sehr viel finden, wenn er in deinen leeren Schädel blickt.«

Ein kurzer, heftiger Streit brach zwischen den beiden Männern aus. Terenz bereitete dem Ganzen ein Ende, als er von den Pferden zurückkam und sich kühl erkundigte, warum das Abendessen noch nicht zubereitet sei. Julian, dem keine Silbe von Dakstars und Carlos Gespräch entgangen war, unter drückte ein Kichern. Terenz hatte zwar nicht Carlos Talent zu fluchen, aber dank seiner Größe und seines entschiedenen Gesichtsausdrucks, wenn ihm etwas missfiel, erregte er Aufmerksamkeit.

Julian fröstelte und zog den dichten Fellumhang enger um sich. Er betrachtete seine Gefährten in den abgetragenen, geflickten Gewändern, und es tat ihm Leid, dass er sie zu diesem langen und offenbar nicht von Erfolg gekrönten Unterfangen gedrängt hatte. Er wusste, dass sie sich nach der Sicherheit und der Wärme ihres Zuhauses sehnten. Auch er wäre gern zu Hause gewesen. Aber er musste eine Pflicht erfüllen.

Ach, Alaric ... Es war auch jetzt noch schwer vorstellbar, dass er, sobald er aufschaute, seinen *Bredu* nicht sah, der ihn neckisch anlächelte. Er hörte auch seine tiefe Stimme nicht mehr, die ihn für seine neueste Obsession verulkte. *Julian, Julian; gib auf, schließe Frieden mit deinem Onkel, heirate das hübsche Lindir-Mädchen, das er für dich als Braut ausgesucht hat. Das ist weitaus angenehmer als das, was du jetzt verfolgst. Mir wirst du auf diesem eiskalten Rachefeldzug nicht mehr begegnen, Liebster, selbst wenn du tausend Katzenmenschen tötest.*

Ich will nur einen töten, Alaric. Nur den, der dich mir genommen hat. Erst dann werde ich ruhen.

Das knirschende Geräusch sich nähernder Stiefelschritte riss ihn aus seinem Traum. Kraigan, der Fährtensucher, kam mit gesenktem Kopf auf ihn zu. Julian nahm an, dass er seine toten Hunde begraben hatte. Der komische kleine Mann hatte nur einmal seine Gefühle gezeigt: als er sich eingestanden hatte, dass es keine Möglichkeit gab, den Kadaver jenes Hundes zu bergen, den die Katzenfrau in den Abgrund geschleudert hatte. Kraigan war erst in ein lautes Weinen ausgebrochen, dann fortgestapft, wobei er sämtliche Katzenvölker in Zandrus zehnte Hölle wünschte.

»Es ist, wie du gesagt hast: Es kommt auf das Glück an, das man unterwegs hat«, hatte Julian hinter ihm her gefaucht. »Hast du etwa damit gerechnet, dass sie einfach stehen bleibt und sich in Stücke reißen lässt?«

Kraigan hatte ihn wahrscheinlich für einen Spinner gehalten, weil er Mitgefühl für die Gejagte empfand. Aber Julian war nicht unterwegs, um das ganze Katzenvolk auszurotten, es ging ihm nur um einen ihrer Angehörigen

Kraigan blieb einige Schritte vor ihm stehen und hob das Gesicht in den Wind. Es schien, als beschnuppere er ihn. »Ein heftiger Sturm kommt auf uns zu, *Dom* Julian. Zandru stößt sein eisiges Brüllen aus und ...« Seine honigfarbenen Augen, die nicht so recht zu seinem dunklen, verdorrten Gesicht passten, schauten listig an dem jungen Gardisten vorbei.

»Ich habe ihn schon gehört, deinen ... Wetterbericht«, erwiderte Julian steif. »Er bedeutet nur, dass wir uns einen weiteren Tag hier verschanzen müssen, damit der Katzenmann sich noch weiter von uns entfernen kann ...«

»Es wäre schon schwierig genug, seine Spur bei schönem Wetter aufzunehmen – vorausgesetzt, er ist überhaupt in dieser Gegend. Meine Hunde brauchen jedenfalls Ruhe und müssen sich erholen ...«

Freundliche Ehrerbietung war noch nie Kraigans Sache gewesen. Als *Dom* Julian lediglich die Schultern zuckte, fügte der Fährtensucher hinzu: »Verzeiht mir, wenn ich es ausspreche, aber ich frage mich, warum Ihr nicht Eure Kameraden von der Garde und Eure Comyn-Verwandtschaft mitgebracht habt, wenn gerade dieses Vieh für Euch so wichtig ist.«

»Sie waren nach der letzten Schlacht alle auf dem Weg nach Hause oder wollten heiraten.« Julian war nicht bereit, seine bitteren Erinnerungen mit Kraigan zu teilen. *Und von mir haben sie natürlich erwartet, dass ich mich der mir auferlegten Verantwortung stelle – indem ich auf den Straßen von Thendara Betrunkene auflese. Der Mord an einem Bredu ist zwar sehr bedauerlich, rechtfertigt aber keine wilde, unbesonnene Jagd auf ein Tier, das – möglicherweise – für seinen Tod verantwortlich ist und – möglicherweise – die Kraft einer Matrix eingesetzt hat. Für diesen Sommer sind die Kriegsspiele vorbei. Warum noch mehr Ärger provozieren? So hätten meine Verwandten bestimmt argumentiert, hätte ich mir die Mühe gemacht zu bleiben, um sie zu überreden. Schließlich haben sie sich schon beim ersten Mal geweigert, mich zu begleiten ...*

Er war sich bewusst, dass er seinen Verwandten gegenüber ungerecht war. Denn genau so war es nicht passiert. Aber die ersten Tage nach Alarics Tod waren dunstig wie sein Blut gewesen, überflutet von Trauer und Wut. Er hatte erst wieder einen klaren Gedanken fassen können, als er in die Taverne in Vandemyr gestolpert war, vom Bedürfnis seines Körpers nach Wärme und Nahrung genötigt. Sein Freund Alaric war tot, und er hatte die Spur des Mörders irgendwo in den gottverlassenen Bergen verloren.

Die Wirtin – eine vollbusige, hübsche Frau, die Alaric gefallen hätte – hatte seinen Kummer zwar erkannt, doch den Grund dafür nicht erraten. Sie hatte ihm rasch etwas zu essen und zu trinken gebracht und irgendetwas von einem hübschen Zimmer gemurmelt, das es im oberen Stock gab. Dort könne der *vai Dom* sich ungestört ausruhen.

»Danke, nein«, hatte er zumindest sagen können. »Es ist noch ein paar Stunden hell, und ich kann die Zeit nicht verschwenden, um ...« Er hatte sich in der Gaststube umgesehen, in der ein paar Kerle am Kamin herumlungerten. Als er erneut ablehnte, hatte die Frau erwidert: »Aber Herr, Ihr seht schrecklich aus.«

Er hatte noch einmal hingesehen, genauer diesmal, hatte die bärbeißigen Dörfler beobachtet und lachend gesagt: »Entschuldigt mich, *Mestra*.« Er hatte einen der Männer erkannt; vielleicht war ihm das Glück nun endlich einmal hold.

Nachdem Julian Kraigan seinen unglaublichen Plan dargelegt hatte, hatte dieser sich im ersten Moment geweigert, da er nicht glauben wollte, jemand nehme es freiwillig mit den »mörderischen Viechern« auf, was immer sie auch angerichtet hatten. Doch Julian hatte nicht lockergelassen, denn er wusste, dass Kraigan gelegentlich als Fährtensucher vom örtlichen Adel bei ähnlichen Hetzjagden engagiert wurde. Der Mann verfügte über das notwendige Geschick und Wissen. Er selbst hatte Kraigan einst dabei beobachtet, wie er seine Hunde vorführte, die wirkten, als würden sie alle von demselben Geist gelenkt. Sie hatten den armen Flüchtling bewundernswert rasch zur Strecke gebracht. Dass Kraigan es vorzog, sein *Laran* zu verleugnen, um unter seinen bäuerlichen und kopfblinden Verwandten nicht hervorzustechen, hatte für Julian damals nur eins bedeutet: dass diese Gabe seinen Zwecken dienlich sein konnte. Sobald Kraigan Julians Kupfermünzen erblickt hatte, war er dann auch ziemlich aufgeschlossen für den Auftrag gewesen. Er hatte gemeint, seine bestens ausgebildeten Hunde könnten beim Aufspüren eines bestimmten flüchtigen Katzenmenschen wahrscheinlich doch erfolgreich sein. Allerdings müsse eine Chance bestehen, seine Spur aufzunehmen.

»Sie haben Geschöpfe dieser Art schon aufgestöbert«, hatte Kraigan lachend gesagt. »Und zwar erst vor kurzem. Zufällig habe ich einen frischen Hautfetzen in meinem Gepäck, um ihre Erinnerung an die Beute aufzufrischen.«

Julian hatte gar nicht wissen wollen, woher Kraigan den

nützlichen Köder hatte. Es reichte ihm, endlich Unterstützung zu finden, um seinen Rachedurst zu stillen. Tatsächlich hatte Kraigan sich als sehr hilfreich erwiesen: Er hatte wie durch Zauberei Proviant besorgt und außerdem die anderen Männer in der Taverne – seinen Neffen Terenz und einige entfernte Vettern, nahm Julian an – für die Jagd angeheuert. Sie waren ihm ziemlich willig erschienen, eins der Tiere zu töten, denen ihre Nachbarn im fernen Süden zum Opfer gefallen waren. Die Fähigkeiten der Männer hatten Julian freilich ebenso wenig überzeugt wie die Stärke ihrer Entschlossenheit. Aber er befand sich nicht in einer Position, in der er wählerisch sein konnte.

Julian hatte sich, hauptsächlich weil Kraigan darauf beharrte, nur wenige Stunden Ruhe gegönnt. In Bälde wollte er wieder unterwegs sein. Ein, zwei Tage später hatten die Hunde die Fährte eines Katzenmenschen aufgenommen. Erst heute Morgen hatte Carlo vor Überraschung laut aufgeschrien, als er die aufrecht gehende, schwarze Kreatur zufälligerweise in einiger Entfernung neben ihnen durch den Wald hatte rennen sehen. Julian erinnerte sich noch an die glühend heiße Freude, die das Feuer in seinem verkohlten Herzen neu entfacht hatte. Er hatte geglaubt, das Glück sei ihm hold, doch leider war er am Ende der Spur nur auf das elende Weibchen gestoßen, das sich – möglicherweise unschuldig – im Netz der Jäger verfangen hatte. Und selbst sie war ihm entwischt. Wahrlich, man durfte die alten Sprichwörter nicht vergessen: Verteile nicht des Bären Fell, ehe du ihn gefangen hast.

Kraigan räusperte sich, woraufhin Julian in die Gegenwart zurückkehrte und die verwunderte Miene seines Gegenübers wahrnahm. Er vermutete, dass er wahrscheinlich wieder vor sich hin gemurmelt hatte.

»*Dom* Julian«, begann Kraigan freundlich. »Ihr werdet Euch den Tod holen, wenn Ihr noch länger hier draußen im Dunkeln und in der Kälte steht. Ich glaube, das Essen ist gleich fertig. Wollt Ihr Euch nicht zu uns setzen, Herr?«

Auch Julian wusste, dass er irgendwann etwas zu sich nehmen musste. Er wandte sich wortlos um und begleitete Kraigan zu den Männern, die sich um das Lagerfeuer scharten.

»Wie lange müssen wir wohl hier bleiben?«

»Tja, es ist ein junger Sturm, der sich wahrscheinlich schnell austobt. Ich würde sagen ... nicht länger als drei Tage.«

»Drei Tage? Kraigan ...«

Der Angesprochene fuhr zu seinem Arbeitgeber herum, der überrascht einen Schritt zurückwich.

»Ja, *vai Dom,* drei Tage! In dieser Zeit igeln wir uns hier ein, wie es jeder vernünftige Mensch tun würde. Ihr seid nicht aus der Gegend, ihr wisst nicht mal, was selbst ein milder Sommersturm anrichten kann. Wollt Ihr etwa allein und ohne Führer in den Wind hinausrennen, junger Mann? Denn genau das werdet Ihr tun müssen, wenn Ihr darauf besteht, unser Lager zu verlassen, bevor ich sage, dass es sicher ist. Wir alle haben Frauen und Kinder zu Hause, die sich Sorgen um uns machen.«

»Du anmaßender ...« Julians Miene verfinsterte sich, und seine Hand fuhr zum Griff seines Dolches. Kraigan wartete unbeirrbar ab, was er wohl tun würde.

»He, he, streitet euch nicht!«, rief Dakstar und stürzte auf die beiden zu. Er versuchte, seine magere Gestalt zwischen die beiden Männer zu schieben. Julian lachte böse auf und schob den alten Bauern beiseite. »Friede, mein Freund. Ich bin niemandes Gegner. Es sei denn der meines Feindes.«

Er ignorierte Kraigan, der ihn noch immer anstarrte, und setzte sich ans Feuer. Die anderen wichen, wie er bemerkte, deutlich zurück.

»*Dom* Julian«, meldete sich Carlo kurz darauf zu Wort, »könnt Ihr uns sagen, warum es Euch wo wichtig ist, einen bestimmten Katzenmann zu finden? Bitte, vergebt mir, wenn ich es ausspreche, aber es scheint mir fast unmöglich zu sein. Hier draußen gibt es endlose Urwälder, in denen er sich verstecken kann.«

»Ich glaube, den Grund habe ich euch schon genannt«, erwiderte Julian und schöpfte eine Portion Eintopf aus dem Kochtopf in seine Schale. »Aber wenn ich deine Erinnerung auffrischen kann: Der Katzenmann, den ich suche, gehört zu den wichtigsten Kriegern seines Volkes. Er ist im Besitz einer Matrix und außerdem ein geschickter und gefährlicher Katzenzauberer. Als ich ihn zuletzt sah, schwamm er durch die Furt von Corresanti. Zuvor hatte er ungefähr zwanzig Gardisten niedergemetzelt. Ich wäre ihm sofort gefolgt, aber ich ... hatte einen Freund, der dringend meiner Hilfe bedurfte. Ich glaube nicht, dass er nur geflohen ist, um sich zu retten. Er hat vielmehr den Plan, seine überlebende Sippschaft im Norden zu erreichen und dann Rache zu nehmen. Also werden wir uns im nächsten Sommer mit weiteren dieser Bestien abzugeben haben, wenn nicht gar früher. Noch irgendwelche Fragen?«

Carlos Gesichtsausdruck spiegelte Zweifel und Argwohn wider. Er fragt sich wohl, ob ich darauf bestehe, den Gesuchten bis ans Ufer des Kadarin und darüber hinaus zu verfolgen, mutmaßte Julian. Oder bis ans Ende der Welt, was immer sich gerade als notwendig erwies.

»Nein, Carlo«, erwiderte er flüsternd. »Wir werden ihn vorher fangen. Ich weiß es ...«

»Ich weiß es«, wiederholte Carlo und zog sich mit einer gemurmelten Entschuldigung zurück – dem Anschein nach, um sich dem Feuer zu widmen.

Jagt irgendetwas in meinem Gesicht dem Burschen Angst ein?, dachte Julian.

Kraigan murrte über das Lagerfeuer hinweg: »Wir haben keine Möglichkeit, Dinge so zu *wissen* wir Ihr, *vai Dom.* Wir sind einfache Menschen und können nur unseren normalen Sinnen folgen – und das noch nicht einmal so gut wie unser Derhi.« Er tätschelte die Nase des Hundes, der sich an ihn schmiegte. »He, Cormac, hast du noch Probleme mit deinem lahmen Bein?«, wandte er sich freundlich an einen anderen Hund, der zu seinen Füßen lag. »Lass mal sehen ...« Er beschäftigte sich eine Weile mit den Tieren, behandelte ihre Verletzungen und zog die kleinen Schuhe straff, die sie als Schutz gegen das vereiste Gelände trugen.

»Meister Kraigan braucht nicht so bescheiden zu sein«, sagte Julian milde, als der Fährtensucher fertig war.

»Wie bitte?« Kraigan schaute ihn mit großen Augen an, als wisse er wirklich nicht, was Julian meinte. »Tja«, sagte er dann, da ihm nichts einfallen wollte, »wir können uns ebenso gut schlafen legen. Wenn eine Chance besteht, dass wir morgen früh weitergehen können, sind wir wenigstens alle ausgeruht.«

Er schaute Julian demonstrativ an, doch dieser zuckte nur die Achseln und sagte: »Ich werde noch eine Weile Wache halten. Dann kann einer von euch mich ablösen. Und erzähl mir nicht, dass wir keinen Wächter und keine Feuerwache brauchen.«

»Meine Hunde sind doch nicht taub, *vai Dom*«, begann Kraigan, doch dann überlegte er es sich anders. Mit einem grollenden Seufzer rollte er sich in seine Decken ein. Vier oder fünf Hunde kamen herbei und legten sich neben ihn.

Carlo und Dakstar folgten bald seinem Beispiel und kuschelten sich dicht aneinander. Julian betrachtete die beiden, als der dunkelharige Krauskopf des Burschen sich an die knochige Schulter des älteren Mannes schmiegte. Er seufzte, ohne es zu bemerken. Irgendwie waren sie manchen Gardisten, die er kennen gelernt hatte, nicht unähnlich.

»So wird Ihnen bestimmt nicht kalt«, kommentierte Terenz.

Julian zuckte leicht zusammen. Der stämmige Mann mit dem grobschlächtigen Gesicht war leicht zu vergessen. Er war an diesem Abend zudem stiller gewesen als sonst. Als Terenz im Feuer herumstocherte, rief er: »Welches Glück wir doch haben, in einer solchen Nacht nicht im Freien lagern zu müssen! Brrr, ist es hier draußen kalt! Dem Katzenmann geht es vielleicht nicht so gut wie uns ...«

»Ach, der hat schon ein Versteck gefunden, keine Angst.«

Terenz nickte. »Ja, *vai Dom,* Ihr habt vermutlich Recht.« Nach langem Zögern sagte er: »Ich hoffe, wir können morgen weiterziehen. Ihr habt uns vielleicht in ein schönes Abenteuer geführt. Wann bietet sich Burschen wie uns schon mal eine solche Gelegenheit? Mein Onkel bietet sie uns jedenfalls nicht, das kann ich Euch versichern. Und ... Ich stimme Euch zu. Solche Biester sollte man verbrennen, und wenn sie noch so klein sind. – Ich ... Ich hatte mal eine jüngere Schwester, die vor Jahren mit ihrem Mann zu den Alton-Ländereien zog, um dort Landwirtschaft zu betreiben. Hab' erst vor einem Jahr wieder von ihnen gehört, als der Ärger da anfing. Eines Tages schaut meine Frau hinaus und sieht an unserer Tür eine arme alte zerlumpte Frau. Sie hat gedacht, sie ist 'ne Bettlerin. ›Kennst du mich nicht mehr, Mhari?‹, fragt meine Schwester. Meine Frau ruft nach mir und ich komm vom Feld angerannt. Deirdre fällt mir um den Hals und schluchzt und zittert nur. Die Biester haben ihren Mann und ihre Kinder umgebracht und sie so erschreckt, dass sie nie wieder richtig im Kopf werden wird. Sie hat ... schlimme Alpträume und geht im Schlaf umher ... Tja ...« Terenz blickte zur Seite, als sei er verlegen. »Ihr habt zweifellos Schlimmeres gesehen. Ich wollt' nur, dass Ihr wisst, dass ich ... anders denke als die anderen ... Gute Nacht.«

»Gute Nacht, Terenz«, erwiderte Julian. Er war überrascht und gerührt. Er hatte nicht damit gerechnet, dass der Mann in der Lage war, jemandem sein Herz auszuschütten. »Schlaf gut. Und ohne böse Träume.«

»Danke, *vai Dom*«, sagte Terenz leise und kroch unter seine Decke. »Ich wusste doch, dass Ihr es versteht.«

Nun gab es außer dem Knacken der Flammen, dem rasselnden Atmen der Männer und dem gereizten Stöhnen des Windes nicht mehr viel zu hören. Julian stand auf und umrundete das Feuer.

Kraigan hat Recht. Der Sturm ist tückisch. Ich brauche eigentlich auch nicht Wache zu halten, wo uns doch diese hervorragenden Hunde beschützen. Was ist nur mit mir los?

Er starrte zwar in das glosende Feuer, doch in Wirklichkeit erblickte er ein lachendes, sommersprossiges Gesicht, in dem blaue Augen schalkhaft und zärtlich leuchteten.

Ach, Julian. Du bist viel zu ernst und nüchtern! Wenn alles vorbei ist, komm her und trink einen mit mir in der Taverne. Dort arbeitet eine hübsche Frau, die ich gern mal küssen würde – hmmm. Hör zu: Kennst du den Witz, den Domenick über die beiden Terraner erzählt hat, den Riyachiya und den freundlichen Cralmac? Du siehst aus, als müsstest du mal wieder so richtig lachen, Bredu. *Also los, er geht folgendermaßen ...*

»Sei still, Alaric«, sagte Julian. »Wir haben jetzt keine Zeit für Witze.« *Ich darf nicht an dich denken, sonst fällt mir wieder ein, wie du gestorben bist – schluchzend in meinen Armen, dein hübsches Gesicht völlig entstellt. Dann erinnere ich mich nur daran, wie lange dein qualvoller Todeskampf gedauert hat. Morgen gehe ich wieder hinaus, falls nötig, auch allein. Sollen sie doch alle hier in Sicherheit abwarten und sich über den Verrückten wundern.*

Julian löste sich von den anderen und trat aus dem Lichtkreis, wo die kalten Ohrfeigen des Windes einen verlorenen Träumer vielleicht wieder zur Vernunft bringen konnten.

Es half nicht so sehr, wie er gehofft hatte. Schließlich sagte er zu Alaric, dessen telepathische Anwesenheit er deutlich spürte: »Als er dich umgebracht hat, hat er auch das Lachen in mir getötet. Es ist kleinlich von mir, so zu denken, aber ich hasse ihn dafür ebenso wie für alle anderen, die er und die seinen auf dem Gewissen haben.« *Ah, Katzenmann! Ich bete darum, dass du noch lebst. Ich zehre von den Träumen, in denen ich dich umbringe.*

Die immer länger andauernden Ohnmachtsanfälle wurden allmählich lästig; besonders dann, wenn man aus unerfreulichen Träumen aufschreckte und in einer noch unerfreulicheren Wirklichkeit erwachte. Er stellte fest, dass er näher am Feuer lag. Die Hände des Heilers strichen sanft über seine Stirn. Sherdra empfand Bestürzung, da er nicht einmal mehr das Verlangen hervorrufen konnte, ihn anzugreifen. Der Mensch gab ihm Wasser zu trinken. Er nahm es gierig an, denn er konnte den Durst nicht länger ertragen.

»Nicht einmal deine Berührung kann die Quellen des Lebens verschmutzen«, murmelte er vor sich hin, denn der andere verstand ihn ohnehin nicht. Er sah, dass der Mensch den Mund auf seltsame Art bewegte – ein Lächeln? –, wahrscheinlich wollte er ihn nur verhöhnen. *Bin ich wirklich in seine Falle getappt?*, fragte er sich.

»Ich habe gespürt, dass jemand gestorben ist, der dir nahe steht«, sagte Coryn. Dann nahm er Verbindung zu Sherdras Geist auf und fuhr fort: *Ich kann dich nur schlecht verstehen. Aber wenn ich den Waffenstillstand zwischen uns gebrochen habe, indem ich gegen deinen Willen versuchte, eine telepathische Verbindung aufzubauen, bitte ich um Vergebung.*

Es ist das andauernde Fieber in meinem Geist, das die Bedeutung seiner Worte so verzerrt, dachte Sherdra. Er schleuderte Coryn das Abbild eines Speers entgegen. *Noch immer re-*

dest du. Redest. Redest. Du ermüdest mich, Comyn. Lass mich in Ruhe.

Ich fürchte, das kann ich nicht. Ich sehe nun ein, dass zwischen uns Friede sein oder einer von uns sterben muss. Ach, Mann, knurr mich nicht an. Du willst doch nur, dass ich dich für ein Tier halte, das meiner Beachtung nicht würdig ist. Habe ich Recht?

Sherdra lachte, auf seine Weise. Tiere kannten ihre Feinde wenigstens.

Aber ich bin nicht dein Feind. Ich habe an dem Krieg gegen euer Volk nicht teilgenommen. Meine Leute halten mich vielleicht sogar für einen Verräter, weil ich mich deiner angenommen habe.

Sherdra schirmte sich gegen ihn ab. Er wollte an Ashyr denken; daran, wie sie wohl gestorben war. Er konnte vor diesem Menschen weder Trauer ausdrücken noch Totenlieder für sie und ihre Kinder singen. Aber vielleicht erlangte er eine verzweifelte Befriedigung, indem er plante, ihre Mörder aufzuspüren. Und indem er sich ausmalte, was er mit ihnen anstellen würde – wenn dieses alberne Kind nur endlich zu reden aufhörte.

»Hrrta!« Er schubste den Menschen weg, aber nicht grob.

»Na, hör mal.« Coryn hielt den Dolch zwischen sich und Sherdra. *Ich möchte ihn nicht benutzen. Wir brauchen uns nur zu einigen, dass wir uns nicht gegenseitig umbringen, solange der Sturm tobt. Dann – ich verspreche es dir – gehe ich wieder meiner Wege. Ich habe Wichtigeres zu erledigen, als mich um dich zu kümmern.*

Stumm wie kalter Fisch schaute der Katzenmann an ihm vorbei auf die Dunkelheit vor dem Höhleneingang.

»Nein.« Coryn ging zwischen Sherdra und der Öffnung auf und ab. »Du wirst da draußen sterben.« Er warf ihm seinen Dolch vor die Füße. *Nimm ihn, wenn es dich beruhigt.*

Sherdras Nüstern bebten. Seine Augen verschleierten sich, als die Schutzmembran sich darüber legte. Er trat gegen die Waffe, so dass sie über den Boden flog.

Coryn kämpfte einen Wutanfall nieder. Er stand auf und nahm den Dolch wieder an sich.

»Wenn du es nicht anders willst ...«

Der Katzenmann legte den Kopf auf seine angezogenen Knie.

Er wird mir also nicht trauen, nicht mal in dieser Hinsicht. Vielleicht tat er sich einen Gefallen, wenn er ihn sich jetzt vom Halse schaffte. *Und es wäre gewiss auch ein Dienst an der Menschheit, würde mein Vater sagen.* Trotz der stolzen und fortwährenden Renitenz des Katzenmannes und der deutlichen Stärke seines *Laran* waren seine Instinkte völlig barbarischer Natur. Natürlich. So wurde es den Menschen eingetrichtert. Die Katzen waren unzivilisierte Teufel und mit dem Leben und den Lebenden nicht näher verwandt. Hätten sie es gekonnt, hätten sie die Welt in Blut ertränkt.

Eine andere Stimme rührte sich in Coryns Geist; eine Stimme aus der Erinnerung, die der junge Mann normalerweise nicht in sein Bewusstsein vordringen ließ. Die sanfte Stimme Bruder Stefans: *Er wird es nie wagen, der Freundlichkeit eines Menschen zu vertrauen. Was muss unser Volk ihm angetan haben?*

Coryn wandte sich wie unter einem Zwang um und richtete die gleiche Frage an Sherdra.

Du wagst es, so zu tun, als wüsstest du nicht, was dein Volk angerichtet hat?, fauchte der Fremdling in Coryns Geist und strahlte eine Verbitterung aus wie der einstmals vergiftete See, über den, wie manche behaupteten, ein Gott gewandelt war.

Ich habe deine Schwester nicht umgebracht, Sherdra.

Nein. Es waren Wölfe in Menschenhaut. Wie ihr alle. Geh weg. Lass mich allein.

Coryn hätte ihm seinen Wunsch beinahe erfüllt. Er war selbst todmüde. Und doch ...

Wir waren blind füreinander, gestand Coryn sich ein. *Er durchdrang meine Abschirmung, ohne zu sehen. Selbst als ich mir eingeredet habe, er sei nur ein Tier. Es ist an der Zeit, dass die unheilvollen Barrieren zerbrechen. Und als Empath muss ich die Initiative ergreifen. Ach, Stefan, du hast Recht: Ich will nicht, dass er stirbt, das habe ich eigentlich nie gewollt. Deswegen muss ich mich ihm weit öffnen. Ich darf ihn nicht suchend und sondierend berühren, um seinen Stolz nicht zu verletzen, oder mit der Schärfe eines Messers in seine gesamte schwärende Trauer vorstoßen. Nein, ich muss ihn willkommen heißen, mich ihm öffnen und abwarten. Geistig ist er vielleicht noch stark und potent. Ah, er beißt sich in die Klauen und stiert mich unentwegt an! – Heilige Lastenträgerin*, betete Coryn aufrichtig, *möge dein Bild mir Kraft verleihen. Ich habe solche Angst! Es fällt mir unendlich schwer ...*

Er entspannte sich rasch und gab seine Verteidigungshaltung auf, damit er keine Gelegenheit mehr hatte, es sich noch einmal zu überlegen. Jeder rationale Gedanke würde nur Angst und genau das Vorurteil hervorrufen, das er mit seiner totalen Hingabe zerstreuen wollte. Diesmal würde die Katze genau das *sehen*, was er sah.

Komm jetzt, stolzer Feind, und nimm dir, was du haben willst. Was du jetzt siehst, bin ich.

Der Geist des Katzenmannes rührte sich, wurde stärker. Coryn konnte kaum glauben, dass er noch so vital war. Er wartete ab. Eine Gestalt mit hellen, irren Augen und Krallenfüßen jagte auf ihn zu. Sie war auf der Jagd, witterte seine kaum verborgene verletzliche Existenz. *Es ist nicht Sherdra, sondern ein Abbild meiner Angst.* Dann schien es, als schaue er aus dem Tor von Nevarsin in das verwunderte Gesicht eines sehr eigenartigen jungen Mannes; eines verlorenen jungen Mannes, der fröstelnd im Winterwind stand, doch nicht eintreten konnte, um sich zu wärmen. *Du bist willkommen, Fremder. Tritt ein.* Sein Geist griff hinaus. Er hatte alle Türen geöffnet, alle Barrieren und Abschirmungen deaktiviert und ließ sein inneres Licht erstrahlen, um ihn deutlich zu beleuchten. Als der Fremdling ihn berührte und eintrat, wand sich ein gleißender Schlag durch sämtliche Strömungen seines Ichs.

Sherdra ging darauf ein. Er zögerte und öffnete im Gegenzug nur einen kleinen Teil seines Ichs. *Sei nicht so ängstlich.* Für Coryn war die geistige Stimme des anderen weit entfernt. *Ich sehe, dass dies wahrscheinlich kein Trick ist. Aber das Todesspiel muss beendet werden.*

Dann jagen sie dich also mit Hunden. Warum?

Du musst mir dein Leben offenbaren. Ich werde nicht das Gleiche tun, Coryn. Ich kann es nicht.

Coryn seufzte. *Auch mir missfällt es, mich einem Fremdling wie dir derart zu zeigen. Aber komm, schau. Sei bei mir. Hier.*

Coryn bemühte sich, nichts zurückzuhalten. Einem Fremdling, der nur die rudimentärsten Vorstellungen von dem hatte, was einen Menschen ausmachte – von seinem Innenleben ganz zu schweigen –, gab es viel zu zeigen und mitzuteilen. Zuerst dachte er an Illona, was ihn selbst überraschte. Er hatte nicht gewusst, wie viel sie ihm bedeutete. Er dachte zitternd und den Tränen nahe an die junge Frau aus den Bergen, die er geliebt, doch vor dem Tod nicht hatte bewahren können.

Sherdra zog sich zurück, als wäre er Zeuge von etwas schrecklich Obszönem geworden. *Eure Frauen sind stets bereit, sich anzubieten.*

Sherdra, ich bin's! Kannst du nicht ... Coryn brach wütend die Verbindung ab.

Ich habe mir schon gedacht, dass du es tun würdest. Sherdra zog sich, wie Coryn bemerkte, mit echtem Bedauern zurück.

»Nicht.« Er packte Sherdras Hand. Der Katzenmann rührte sich nicht.

Du musst geduldiger sein als ich und auf etwas warten, das du verstehst. Nun gut, wir haben beide unsere Erfahrungen als Heranwachsende gemacht, nicht wahr?

Es war doch nicht so schwierig. Coryn offenbarte Sherdra Dinge, von denen er hoffte, dass er sie begriff. Hauptsächlich waren das seine Kindheitserinnerungen: wie er an einem beliebigen Morgen in die Hütte eines armen Fallenstellers am Naderling-Forst aufwachte; wie er sich aufgrund der Kälte bei einem der zahllosen trüben Sonnenaufgänge an seinen kleinen Bruder und seine Schwestern kuschelte. Er gewährte ihm einen Blick auf die jüngste Schwester, die manchmal weinte, weil sie Hunger hatte; auf seine Mutter, die draußen nach Feuerholz und irgendetwas suchte, das auch nur im Entferntesten verzehrbar war; auf den trägen, heruntergekommenen Mann, der sich unter den dicken Fellen am knisternden Feuer räkelte; auf die unausweichlichen Ohrfeigen und das Geschrei, wenn der Mann die Mutter verprügelte, weil sie zu wenig nach Hause brachte, um der Kälte zu trotzen. Die anderen Kinder hatten gelernt, ihn Vater zu nennen, aber Coryn erfuhr sehr bald, dass er kein Recht dazu hatte. Es freute ihn fast, dass man ihm dieses Privileg verwehrte. Als seine Mutter ihn eines Morgens leise weckte und ihn an einen Ort brachte, an dem das, was sie ihm sagen musste, ihren Gatten nicht stören konnte, hatte er sie zwar nicht verstanden, aber er hatte vor Freude gelacht, weil er sie nun alle verlassen konnte ...

Irgendwie war es seiner Mutter gelungen, den Ridenow über die Existenz seines Sohnes zu informieren und ihm mitzuteilen, dass der Junge die irritierende Eigenart hatte, Fragen zu beantworten, bevor man sie ihm stellte. So war er als *Nedestro* anerkannt worden und hatte glänzende Zukunftsaussichten gehabt.

Dann hast du sie der Grausamkeit ihres barbarischen Gefährten überlassen, teilte Sherdra ihm verwirrt mit. *Ich weiß nicht, wie ...*

Ja. Ich habe meine Mutter verlassen. Tiefer Kummer überkam Coryn. Er hatte sein Fortgehen nie als Flucht aufgefasst oder damit in Zusammenhang gebracht. Immerhin hatte sie ihn bereitwillig abgegeben. *Sie hat mich verkauft, Sherdra.* Er fragte sich, wie viele Kupfermünzen die Boten seines Vaters ihr an jenem Abend in die Hand gedrückt hatten, als sie gekommen waren, um ihn abzuholen.

»Vergib uns, *Chiyu*«, hatte sie schlussendlich gehaucht und ihn so fest an ihren dünnen, sehnigen Körper gedrückt, dass er vor Schmerz beinahe aufgeschrien hätte. »Vergiss uns.« Sie hatte nicht vor den anderen geweint. Das tat sie nie, nicht einmal, wenn ihr Gatte sie verdrosch. Sie hatte auch nicht geweint, als die kleinste Schwester gestorben war. »Schau nur nach vorn.«

Du weinst mit der, die du vergessen möchtest.

Ich musste es versuchen. Ich habe Schmerz noch nie ertragen können, und damals ... Du musst wissen, Sherdra, dass sie nie ein Recht auf mich hatte! Bei welcher Gelegenheit mein Vater mit einer Frau im Bett gelegen hat, die ... so weit von seiner Kaste entfernt war, habe ich nie erfahren. Ich habe auch nie versucht, es in Erfahrung zu bringen. Es hat mich nicht gekümmert. Sie hätte mich nicht so lange bei sich behalten sollen – an diesem Ort, bei diesem Mann. (Ein kleiner Junge schrie gequält auf, als er spürte, wie das Gesicht seiner Mutter unter den festen Schlägen ihres Gatten aufplatzte. Er stürzte sich auf den Mann und hämmerte wütend mit seinen Fäustchen auf ihn ein. Der Mann trat ihm lachend in den Leib, bis er

blutend gegen die Wand knallte.) *Sie ... hätte etwas unterneh-*
men müssen. (Das Bild des schluchzenden Jungen verblasste;
ein elegant gekleideter kleiner Comyn – der ältere Coryn – betrachtete missbilligend den traurigen Anblick seines kind-
lichen Ichs und ging dazu über, dem Katzenmann die Domä-
nengesetze zu veranschaulichen.) *In Nevarsin habe ich wäh-*
rend meiner Ausbildung erfahren, dass meiner Mutter jede
gesetzliche Grundlage fehlte, mich meinem Vater vorzuenthal-
ten. Die Präzedenzfälle waren eindeutig. Er hatte ein Anrecht
auf mich, von Anfang an, und er wollte mich haben, wenn
auch nur wegen meines Laran. Sie musste sich, wie die meis-
ten Frauen, dem Willen jeden Mannes beugen, egal, wer er
war.

Gab das diesem ... (Sherdra projizierte ein Bild, das Coryn
nicht verstand. Er wusste nur, dass es etwas unaussprechlich
Vulgäres war.) *... das Recht, die Mutter seiner Kinder zu demü-*
tigen? Erkläre mir, wie so etwas sein kann!

»Bitte, Sherdra ...«

Die Göttin heult vor Empörung. Bei uns ist jede Mutter ein
Abbild der heiligen Göttin. Es ist Wahnsinn, wenn man sagt,
sie habe kein Recht auf ihre Kinder.

Demnach sind alle Comyn irrsinnig.

Gefällt dir der Gedanke, dass auch du einer bist?

Coryns Herz setzte einen Schlag aus. Stefan hätte das Gleiche gesagt. Von nun an war die telepathische Verbindung erfüllt von reiner Emotion, Zorn, Ekel und verbitterter Trauer,
die er in Sherdra nicht ergründen konnte, und seine eigenen
Gefühle waren so zwiespältig, dass er sie selbst nicht mehr
verstand. *(Ach, Mutter ... hat er dich am Ende umgebracht?)*

Du erfährst es nur, wenn du heimkehrst und es überprüfst.
Weine nicht mehr. Keine späte Träne kann einen trockenen
Sommer beenden. Du hast deine Mutter also verlassen – oder
bist nie zurückgekehrt, um ihr zu helfen, was noch schlimmer

*ist ... Du bist in die Grotte – Haus nennt ihr es? – deines hoch-
wohlgeborenen Vaters gezogen, was dir viel Gyar eingebracht
hat. Und wann kam dieses Nevarsin, in dem du solch eigenartige Dinge gelernt hast?*

Coryn hatte den Eindruck, dass Sherdra kurz vor einem Zu-
sammenbruch stand. Vielleicht war es am besten, wenn sie die
Sache abbrachen. »Willst du das, was du brauchst, nun von
mir annehmen?«, fragte er. »Ich spüre, dass du es brauchst.«

*Noch wurde kein Waffenstillstand zwischen uns wie unter
Brüdern gesprochen. Berichte weiter.*

Natürlich, vai Dom.

Sherdra reagierte mit einer abfälligen Geste auf Coryns Ironie. Damit hätten sie in beiderseitiger Feindseligkeit aufhören
können, doch Coryn sagte leise: »Es tut mir Leid.« *Oder soll ich
J'ara sagen?*

»J'sidarra«, korrigierte Sherdra ihn. Er zog sich jedoch
nicht zurück.

Coryn fuhr fort. Nevarsin lag ihm tatsächlich am Herzen.
Serrais, die Heimat seiner Ahnen, bedeutete ihm hingegen wenig. *Ich kann dir nicht viel von Serrais zeigen, weil ich dort
nur wenig Zeit verbracht habe. Ich war nicht willkommen.
Und anderswo, schien es mir, auch nicht. Mein Vater ...* (Coryns Geist formte das Bild eines extravagant gekleideten
Mannes mit kalten Zügen und eisigem Blick. Er sagte etwas
über Pflicht und Verantwortung.)

»Ein jüngerer Bruder des Fürsten Serrais. Ach, der Name tut
nichts zur Sache. Wir haben nur ein- oder zweimal miteinander gesprochen. Er war fast kopfblind, wie es bei uns heißt. Er
hat dafür gesorgt, dass man mir Manieren und Fechten beibrachte. Anfangs hoffte ich, er würde mich lieben. In dieser
Hinsicht war er ehrlich. (»Seit dem Tod meines Bredu bin ich
zu zärtlichen Gefühlen nicht mehr fähig, Coryn«, hatte sein
Vater gesagt. »Du bist noch zu jung, um es zu verstehen. Du*

sollst aber wissen, dass ich dich nicht, wie dieser Bauerntrampel, misshandeln werde. Ich werde dafür sorgen, dass du bekommst, was du brauchst. Jedenfalls einen Teil davon. Und was dir zusteht. Tut mir Leid, mein Sohn, aber erwarte nicht mehr von mir.«) Er hatte nur Interesse an dem, was ich an meine Kinder weitergeben würde – ich sollte wohl sagen, die Kinder, die ich für unsere Sippe zeugen sollte. Ich nehme an, er hat sich gefreut, als er hörte, dass ich schon in jungen Jahren über stark ausgeprägtes *Laran* verfügte. Er hat dafür gesorgt, dass ich in Nevarsin erzogen wurde. Seinen Entschluss ließ er mir allerdings von einem Lakaien mitteilen.«

Sherdra schien nicht zu verstehen. Coryn zog ihn näher heran und nahm ihn mit in seine Erinnerungen an Nevarsin. *Kannst du solche Orte begreifen, solche Häuser des Geistes?*

Ja.

Hab Geduld. Ich muss es dir zeigen, weil es mich zu dem gemacht hat, was ich bin.

Coryn traf störrisch und mit Muskelkater in Nevarsin ein. *Hier will mich auch niemand haben.* Doch kurz nachdem er durch das Tor getreten war, veränderte ihn eine unglaubliche Alchimie: Hier erlebte er eine unglaubliche Wärme, die ihm zuvor unbekannt gewesen war. Die strenge Disziplin der Mönche schreckte ihn nicht, denn er hatte nie im Luxus gelebt. Er empfand vielmehr Abneigung gegen die verhätschelten Comyn-Knaben, die mit unverhohlener Verachtung über die Kälte murrten. Ihn hingegen verspotteten die anderen wegen seiner derben Umgangsformen und seiner mangelhaften *Casta*-Kenntnisse. Er fand keine Freunde unter den jungen und arroganten Fremdlingen, doch die Brüder waren ausnahmslos liebenswürdig. Und Stefan war mehr als das.

Stefan war es auch, dem die Einsamkeit des Jungen auffiel und der ihm großzügig seine Freizeit widmete, ohne sich deshalb vor den ihm auferlegten Aufgaben irgendwie zu drücken.

Außerdem fielen Bruder Stefan Coryns zu Tage tretende Heilkräfte auf, und er überredete ihn, sich ausbilden zu lassen, damit er sie besser einsetzen konnte – selbst dann noch, als Coryn meinte, er habe an niemanden Liebenswürdigkeit zu verschenken. Bruder Stefan hatte auch eine glückliche Hand dabei, seine Sanftmütigkeit hervorzulocken, denn Coryn befürchtete, er werde eines Tages so grausam werden wie der Gatte seiner Mutter und so kalt wie sein leiblicher Vater. Bruder Stefan hatte ihn auch gelehrt, seine Männlichkeit nicht zu verschmähen.

Das war noch nicht alles. Sie hatten in den Stunden zwischen der Morgenmeditation und dem nachmittäglichen Gebet lohnende Gespräche geführt, bei denen Stefan Coryns eifrige Fragen über die Grundsätze des *Cristoforo*-Glaubens geduldig beantwortet hatte. Hinter dem Elend des dörflichen Lebens und dem Gezänk um die Rangordnung zwischen jenen, die sich überlegen nannten, existierten durchaus ewige Werte. In Nevarsin zollte man einem Menschen, der die Wahrheit suchte, mehr Respekt als jenem, dessen Stolz nur auf einer hohen Geburt basierte. Dieses Glaubensbekenntnis der Weisheit hieß Coryn von ganzem Herzen willkommen. Er wollte fortan nur noch einem Haus angehören: dem des Geistes.

Doch sollte es nicht dazu kommen. Sein Vater erfuhr, dass Coryn mit der Lebenseinstellung der Mönche sympathisierte. Daraufhin schickte er einen Kurier, um seinen Sohn abzuholen, er sollte sicher in einem Turm untergebracht werden, in dem man ihn vielleicht die nützlichen Tricks der Comyn lehren konnte.

Coryn zögerte, dann offenbarte er Sherdra seine bitterste Erinnerung – den Tag, an dem Bruder Stefan kam, um ihm mitzuteilen, dass man ihn erneut entwurzeln wollte. Er würde alles verlieren. All seine Hoffnungen auf ein würdevolles Dasein, das auf seinen eigenen Erwartungen und den neu erworbenen Glaubenssätzen basierte, waren offenbar belanglos.

Ich werde mich nicht widerstandslos dem Willen eines Menschen ergeben! In dem berauschenden Gefühl, sich aufzulehnen, dachte er sich einen verzweifelten Plan aus.

»Sag dem Diener meines Vaters, ich möchte vor der Abreise noch meditieren«, teilte er Stefan mit. »Das kannst du mir nicht verweigern.«

Als hätte der Mönch irgendetwas von Coryns Geisteszustand gespürt, legte er ihm sanft eine Hand auf die Schulter.

»Dann meditiere über die Tugenden der Ausdauer und Demut. Dies ist die Art der Lastenträgerin. Entfliehe nicht deinem Schicksal.«

»Ich werde tun, was ich tun muss, Bruder Stefan.« Coryn schaute ihn nicht an. Er wollte ihm für die vielen gemeinsamen Stunden danken, für die kleinen Einblicke in die Wahrheit, die er hatte erleben dürfen. Doch Worte reichten dazu nicht aus. Wie sollte er sein wahres Empfinden ausdrücken, ohne dass der fromme Mann ihn missverstand? Er musste schon den geringsten Verdacht einer Abscheulichkeit vermeiden. Also holte er seine Habseligkeiten und verschwand, auch wenn er diese kurze Freundschaft zurückließ. Die Herzlichkeit einer solchen Nähe könnte den Unvorsichtigen durchaus versengen.

Er glitt in den schweigenden Schnee hinaus, wandte ein paar erlernte Tricks an, um keine Aufmerksamkeit zu erregen, und ließ sich auf das unbekannte Schicksal ein. Falls er auf der Flucht geweint hatte, dann nicht aus Furcht.

Was Sherdra aus Coryns letztem Geschenk über den Menschen erfuhr, sagte er nicht. Doch eine Frage kam auf und übersprang die sie noch trennende Kluft. *Wie konntest du dich deinen Ältesten widersetzen, um Hausierer zu werden?*

Beim schändlichsten aller Verbrechen ertappt, dachte Coryn erheitert. *Natürlich gibt es nichts Schlimmeres, als mit Waren auf dem Rücken, die man zum Verkauf anbietet, durch die Welt zu ziehen. Wäre ich ein Gesetzloser geworden, hätte ein jeder Verständnis dafür – aber nicht für eine so eindeutig friedliche Beschäftigung. Verstehst du das nicht, Katzenmann? Ich bin frei. Ich gehorche nur meinem eigenen Willen.*

Du bist ebenso heimatlos wie ich. Das ist schon etwas. Können zwei Völker wohl etwas gemeinsam haben? Sherdra vermochte es sich nicht vorzustellen. *Schon zwei Sippen müssen ihre Unterschiede beherrschen lernen, wenn sie nebeneinander leben wollen. Dennoch kann ich nicht bestreiten, was die Göttin geschaffen hat. Sie tut nichts ohne Grund. Muss ich dich ... als Freund ... akzeptieren? Ist es so vorgesehen?*

Als die telepathische Verbindung sich löste, lächelte Coryn zu Sherdra hinauf. Der Katzenmann war aufgestanden und ging mit festen Schritten vor dem Höhleneingang auf und ab. Dabei atmete er tief und regelmäßig die feuchtkalte Luft ein.

»Ich frage mich, wie du all dies ertragen hast«, sagte er bewundernd.

Sherdras Hände – seine Krallen waren eingezogen – umfassten Coryns Handgelenke und halfen ihm beim Aufstehen. Er ließ ihn nicht sofort wieder los. Coryn kam zu der Ansicht, dass dieses Gesicht direkt vor ihm nicht mehr unbedingt das eines Fremdlings war.

Trotzdem hast du eine gute Waffe bei dir, Coryn. Die einfachen Händler, die zu meinem Volk kommen, sind anders. Ich glaube, bei deinem Volk gibt es eine ähnliche Regel. Warum bewahrst du dir ein Vorrecht, das zu einem Lebensstil gehört, den du im Grunde ablehnst?

»Tja, Mann«, sagte Coryn, »um mich gegen Leute wie dich zu schützen.« Dann fiel ihm ein, dass dies nicht die Antwort war, die Sherdra hören wollte. Die Frage war seine letzte Prüfung. Und wenn die Antwort zufrieden stellend ausfiel ...

Das Schwert ist das Einzige, was ich behalten habe.

Sherdra ließ Coryn los.

Der zückte seinen Matrixbeutel. *Das hier habe ich nach der Prüfung in Neskaya bekommen. Du weißt um seine Bedeutung? Es ist ein Teil von mir.*

Ich dachte mir schon, dass du einen hast. Sherdra hob die rechte Hand, in der sich das *Seelenauge* befand. Coryn bildete sich einen Moment lang ein, dass er den Edelstein in der Hülle flackern sah.

Es mangelt dir noch immer an Vernunft, mein Vögelchen. Du hättest versuchen sollen, ihn mir wegzunehmen, während ich schlief. Ja. Er ist dem deinen ähnlich – und einer der wenigen, die wir noch haben. Ich habe ihn nicht mein ganzes Leben lang gehabt. Er war ... ein Geschenk. Aber glaube nicht, dass du ihn jetzt anfassen darfst, auch wenn nun zwischen uns ein wirklicher Waffenstillstand herrscht. Stell dir vor, dein Volk erführe von seiner Existenz ...

In seiner Vorstellung umarmte Coryn sich selbst. Na, so was, die arme Mieze zitterte tatsächlich – ihr war völlig elend zu Mute, angesichts ihrer Verletzlichkeit. *Bei Zandru, ich bin ein Empath! Wie konntest du nur glauben, ich würde einem anderen die Matrix stehlen? Die Gegenreaktion würde mich glatt umbringen.*

Dann kannst du keine wirklichen Schwestern haben. Ashyr könnte ihn ohne Schwierigkeiten anfassen.

Coryn wartete auf mehr, aber es kam nichts. »Das Essen ist jetzt eiskalt, und deinetwegen habe ich mich nicht ausreichend um das Feuer gekümmert«, sagte er schließlich in der Hoffnung, der Katzenmann sei nun bereit, der pragmatischen Stimme zu lauschen.

Die Morgendämmerung durchbrach matt die dahinjagenden grauschwarzen Wolken. Der Schneesturm hatte sich noch nicht ganz gelegt. Sherdra wusste, dass sein Zustand ihm nicht erlaubte, vor den ihn verfolgenden Menschen zu fliehen. Er hatte wahrgenommen, dass ihr Lager nicht fern war. Sollte er sie vielleicht überraschen? Ob es den Wölfen wohl gefiel, wenn ihre Beute zum Jäger wurde? Doch im Moment hatte er keine andere Wahl, als sich auf den eigenartigen Ausgestoßenen zu verlassen, der seinem Comyn-Erbe entsagt hatte. Also wollte er erst einmal kosten, wie die menschliche Küche so schmeckte.

Als Sherdra die zweite Portion bereitwillig annahm, stellte Coryn ihm eine Frage.

»Wärst du wirklich lieber verhungert, als von mir etwas zu essen anzunehmen?«

Sherdra schlug die Zähne in das Fleisch, dann entfernte er sorgfältig ein Stück Baumpilz aus seinem Mund. Das Fleisch war nicht übel, aber zerkocht.

»Sherdra Kräfte hat, die Coryn erst noch muss sehen«, erwiderte er, wobei er versuchte, *Cahuenga* zu sprechen.

Da Coryn ihn auch weiterhin auf eine Weise musterte, die Sherdra nur als Verblüffung interpretieren konnte, erläuterte er zwischen zwei Bissen: »Was Coryn Sherdra ... das heißt mir ... anfangs hat angeboten, konnte nicht annehmen aus Gründen ... vielen Gründen. Du verstanden? Aber es nicht wäre gewesen unehrenhaft, mir zu nehmen, wenn du schlafen.«

»Oder mich umzubringen und alles zu nehmen, was du willst.«

»Bitte! Nicht nötig.«

Coryn fing an zu fluchen. Dann lachte er. Er lachte, bis ihm die Luft ausging.

»Was für eine Wendung«, sagte er. »Du musst wissen, dass man mir mein Leben lang eingehämmert hat, Fremden wie dir gegenüber wachsam zu sein – sie sogar zu schmähen. Du hast am Anfang wirklich nichts getan, um meine Vorurteile zu entkräften.«

Sherdra gab ihm den Teller zurück. »Mehr. Dann ich will schlafen. Das heißt ... Wenn du bist fertig mit dem Reden.«

Coryn nickte. »Wir brauchen beide Ruhe.« Er kehrte ans Feuer zurück. *Diesmal werde ich es genau im Auge behalten, wie der Gatte meiner Mutter es mir so schmerzhaft eingebläut hat. Er hat mich auch vor Ungeheuern mit Fell gewarnt, die in den Wäldern lauern. Und jetzt sitze ich hier im Wald fest und teile mein Lager mit jemandem, der mich angegriffen hat.*

Sherdra widerstand dem Grollen, das sich in seiner Kehle bildete. »Musst du mich daran erinnern? Was wir verloren haben mit der finsteren ...«

»Verzeiht mir, Prinz Sherdra«, unterbrach ihn der Mensch. Er machte eine Handbewegung, die fast wie eine angemessene Entschuldigung wirkte. »Ich wollte nur sagen ... Was böse anfängt, kann dank Geduld und gutem Willen gut enden. So lautet eine Weisheit der *Cristoforos*. So wird der Mensch ... so werden wir möglicherweise alle überleben.«

»Siehst du? Der Sturm legt sich mit dem Morgen. So viel zur Wettervorhersage deines Onkels.«

Terenz zuckte über den Spott des *vai Dom* nur die Achseln. Er hatte seinem Onkel nie sehr nahe gestanden. Jetzt zügelte er sein hart arbeitendes Pferd und musterte das schmale, nur spärlich bewaldete Tal, das er und *Dom* Julian nach dem gruseligen Abstieg endlich erreicht hatten. Er hatte die Absicht, ihn bald wieder aus seinem Gedächtnis zu streichen. Das eisig glänzende Wasser zwischen den stoppeligen Bäumen vor ihnen ... Terenz deutete darauf.

»Das kommt mir bekannt vor. Der Bach liegt, glaube ich, dort, wo wir vom Weg abgekommen sind und die Spur der armen Katzenfrau verloren haben. Vielleicht wollte sie sich mit ihrem Gefährten treffen, demjenigen, den Ihr sucht? Es kommt mir zwar selbst unwahrscheinlich vor, aber eine andere Spur haben wir nicht.«

Julian hielt seinen Sternenstein in der Hand. »Du könntest Recht haben«, sagte er. »Ich kann ihn fast ... fast in der näheren Umgebung spüren. Aber das Gefühl kommt und geht. Ich bin nicht besonders geschickt bei Fährtensuchen dieser Art. Vielleicht könnte ein Ridenow ...« Er spürte, dass Terenz ihn prüfend anschaute, und richtete sich mit einem verdrießlichen Seufzen auf.

»Ja, Terenz. Ich hätte deinen Onkel wecken sollen. Ich hätte ihm die Lage schildern und ihn erneut um Hilfe bitten sollen. Aber die Unverschämtheit Carlos und der anderen, die sich heute Morgen geweigert haben mitzukommen ... Tja, es war meinem Temperament nicht eben zuträglich. Es reicht mir, dass du mich begleitest.« Er hustete, als sei er verlegen. »Du hättest wissen müssen, auf was du dich einlässt. Aber es ist egal. Reiten wir hinunter und schauen nach, ob du Recht hast.«

»Diese Begebenheit ist bestimmt etwas für die Ohren meiner Söhne, falls ich es je erlebe, mich mit ihnen zu unterhalten«, murmelte Coryn vor sich hin, als er mit leicht zusammengekniffenen Augen in den kristallklaren Tag hinausschaute.

Er hatte seit der Mahlzeit im Morgengrauen, wegen der Sherdra und er sich die ganze Nacht gestritten hatten, nur wenig geschlafen. Außerdem hatte er sich dabei alles andere als erholt. Finstere und beunruhigende Träume hatten ihn geplagt und er war mehrmals aufgewacht. In einem davon hatte er sich abgemüht, vor dem Erwachen des Gatten seiner Mutter das erloschene Feuer anzuzünden, doch ein merkwürdiger Mann mit Wolfsaugen hatte ihn von hinten gepackt. Sie hatten ihn als Verräter an der Menschheit bezeichnet. Jemand hatte an dem Beutel gezerrt, der seinen Sternenstein enthielt.

Coryn wollte seine Ängste nicht zu genau analysieren. Er warf einen Blick auf Sherdra, der reglos dalag wie ein Toter. Er widerstand dem Impuls, den Heimgesuchten um seinen Zustand der Besinnungslosigkeit zu beneiden. *Ich bin viel besser dran, das steht mal fest.*

Er aß etwas und fütterte Picaro. Dann setzte er sich hin und dachte darüber nach, ob er zur Abwechslung nicht mal die Rolle des Klugen statt der des Narren spielen sollte. Er konnte packen, den Katzenmann schlafen lassen und ihm – natürlich – ein paar Vorräte abtreten. Es war vielleicht mehr, als er verdiente. *Wenn ich jetzt aufbreche und das relativ gute Wetter anhält, könnte ich kurz nach Sonnenuntergang in Vandemyr sein.*

Er stand auf, trat sorgfältig den Rest der Glut aus und überprüfte noch mal die Wetterlage. Es klarte eindeutig auf. Ein wohlgesonnener Gott hatte das Sturmloch am Himmel geschlossen. Welch dämlicher Gedanke, schalt Coryn sich. Das musste sein Schlafmangel sein. *Aber wohin wird das alles führen? Was soll ich nun mit meinem tierischen Gefährten anfangen? Es wäre eine Gnade, ihn einfach schlafen zu lassen, aber was ist mit den Feinden, vor denen er sich fürchtet? Oder sind sie nichts als eine Fieberphantasie?*

Der Tod seiner Schwester war sicherlich keine.

Picaro zerrte an den Zügeln und wieherte unbehaglich. »Ich weiß, dass dir der Geruch nicht behagt«, flüsterte Coryn und streichelte dem Grauen über die Nüstern. »Aber bald, ich verspreche es dir ...« Das Pferd schüttelte den Kopf und schnaubte. Es schien mit fast menschlicher Neugier über die Schulter seines Herrn zu blicken.

Als Coryn sich umdrehte, erregte irgendetwas seine Aufmerksamkeit: das Flackern einer Bewegung, das Aufblitzen einer unnatürlichen Farbe. Da unten in dem Wald hinter dem schmalen Bach. Ein Geräusch, als näherten sich Reiter.

»Nein, nein. Unmöglich. Ich kann's nicht glauben.«

Coryn rieb seine brennenden Augen und schaute ein zweites Mal hin. Die beiden Reiter, welche er nun deutlich erkennen konnte, waren bestimmt nur rein zufällig in dieser Gegend. Wenn sie Sherdras Verfolger waren, wo waren dann ihre Hunde?

Doch ihre Körperhaltung ließ darauf schließen, dass sie irgendein gemeinsames Ziel hatten. Sie wirkten grimmig. Coryn missfiel vor allem das Aussehen des grünschwarz gekleideten Mannes.

Er trat zurück, sank auf die Knie und versteckte sich. »Sei still«, zischte er Picaro zu.

Zu spät. Der größere der beiden Männer schaute in Coryns Richtung. Er deutete auf die Höhle und murmelte seinem Gefährten einige Worte zu. Der Gardist warf einen Blick in seine Hände, in denen er etwas verborgen hielt. Coryn war sich ziemlich sicher, dass es sich dabei um einen Sternenstein handelte. Suchte der Fremde nach mentalen Spuren seines Opfers?

Der Aufstieg zum Höhleneingang war nicht einfach. Die beiden Männer saßen ab. Der Gardist ließ den Edelstein wieder unter seinem Hemd verschwinden. Erst Feuer, dann Eis pulsierte bei jedem rasenden Herzschlag durch Coryns Adern, und er strengte sich an, dem Gespräch der beiden Männer zu lauschen.

»Versteckt sich da oben wirklich jemand?«, glaubte er den Gardisten sagen zu hören.

»Ich weiß genau, dass ich in das Gesicht eines Mannes geblickt habe, der zu uns hinuntergesehen hat ... Nein, die Höhle da oben, *vai Dom*. Wenn Ihr so sicher seid, dass die Katze in der Nähe ist, hat er vielleicht etwas gesehen.«

Die Stimmen gingen im Wind unter, als der Mann näher kam. Coryn warf einen raschen Blick auf Sherdra. Er schlief zwar noch, aber er fing an sich unbehaglich zu bewegen und stieß ein leises Knurren aus. *Ob ich ihn wecken soll?* Coryn brauchte weder böse Träume noch hellseherische Gaben, um vor dem gewarnt zu sein, was mit ihm passieren konnte, wenn die Männer ihn bei dem Katzenmann fanden. *Was hat Sherdra getan, dass sie so interessiert an ihm sind?*

Er ging leise zu der Stelle, an der Sherdra lag, und betrachtete eine Weile sein Gesicht. Es gab einige Dinge, die er tun konnte, um sich selbst zu schützen. Er schüttelte den Kopf. »Ich muss es versuchen«, murmelte er und gähnte. »Wenn es schief geht, versuche ich dich zu wecken – falls dann noch Zeit dazu ist.«

Er legte ein Messer neben Sherdras Hand und betete zu seinem Heiligen, damit er sie beide beschützte. Dann ging er hinaus, um die Besucher zu begrüßen.

Trotz seiner schlechten Laune – offensichtlich hatte er die Spur der Katze nun endgültig verloren – konnte Julian ein Lächeln nicht unterdrücken. Er hatte schon befürchtet, sie seien auf irgendeinen verzweifelten Banditen gestoßen, doch der Mann vor ihm war nur ein schmuddeliger, fröstelnder Halbwüchsiger, dem Anschein nach stockbetrunken – nicht mehr als ein Hausierer. Er war noch exzentrischer gekleidet als viele seiner Schicksalsgenossen. Als er sich zu Julian und Terenz gesellte, verbeugte er sich ebenso wackelig wie affektiert und stotterte einen formellen Gruß in nahezu unverständlichem *Casta*. Nachdem er ihnen kaum eine Chance eingeräumt hatte, sich vorzustellen, verfiel er in eine weitschweifige Erklärung, wie er an diesen Ort gelangt war. Julian runzelte kurz die Stirn. Der Mann wirkte nervös, vielleicht war er irgendein Dieb. Tja, wie alle seiner Zunft.

»Habt Ihr die Nacht in der Höhle da oben verbracht, guter Mann?«, fragte Julian gönnerhaft.

Der Angesprochene wirkte sofort verärgert. »Ich heiße Francis, *vai Dom.*« Dann senkte er den Blick und kratzte ausgiebig an der Schulter. »Wo sollte sich ein armer Hausierer bei diesem Sturm sonst verstecken?«, winselte er. »Wie ich schon sagte ... und ich danke Euch für die Gnade Eurer Geduld ... ich war auf dem Weg nach Vandemyr, als ein ausgehungerter Bandit mich unterwegs anfiel. Ich habe den Schweinehund zwar in die Flucht geschlagen, aber es gelang ihm, mich zu verletzen.« Der Bursche legte die Hand auf die verschrammte Wange, die Julian gemustert hatte. »Mein Chervine ist während der Auseinandersetzung davongelaufen, mit meinem Gepäck und dem Großteil meiner Waren. Nun hab' ich kaum noch etwas, um meinen Lebensunterhalt in Vandemyr zu bestreiten. Ach, wie schlecht die Welt doch zu einem Mann ist, der so viel Pech hat!« Er rülpste und wischte sich mit dem Ärmel die Nase ab.

Früher hätte Julian vielleicht Mitgefühl mit seinen Problemen gehabt und ihm sogar Hilfe angeboten, doch momentan beherrschten andere Dinge seine Gedanken. Bei Zandru, war er müde! Und seine Geduld mit irgendwelchen Idioten war auch zu Ende.

»Ich jage ein hinterhältiges und mörderisches Katzenvieh«, sagte er. »Hast du es vielleicht irgendwo gesehen?«

»Es ist wahrlich ein Unhold!«, rief Terenz.

Julian dankte ihm mit einem Blick.

Der Hausierer wirkte erschreckt und konnte seine Abneigung kaum verbergen. »D-doch wohl kein Katzenmensch?«

Terenz nickte grimmig.

Der Hausierer schüttelte sich. »V-verzeiht mir, meine Herren, aber nein! Wenn der arme Francis ihn auch nur gewittert hätte, wäre er vor Angst tot umgefallen. Es erstaunt mich, dass Ihr so tapfer seid, einem solchen Ungeheuer nachzuspüren, und das auch noch bei dem Unwetter.« Er rang die Hände und warf einen Blick zum Himmel.

»Falls Ihr mich fragt, *vai Dom* ... Ich weiß zwar, dass Ihr mich nicht fragt, aber vielleicht sollte ich Euch darauf aufmerksam machen ... Es sieht so aus, als wäre der Schneesturm noch nicht vorüber. Erstaunlicherweise wird es schon wieder finster. Spürt Ihr den Wind?«

Auf Julian wirkte das Wetter nicht gefährlicher als am Morgen. Terenz und er hatten Schlimmeres hinter sich. Doch sein Begleiter sagte: »Er könnte Recht haben, *Dom* Julian. Ich glaube, uns steht noch etwas bevor.«

Julian unterdrückte eine Unmutsäußerung und wandte sich den beiden wieder zu.

»Falls Ihr ein Lager in der Nähe habt, edle Herren«, sagte der Hausierer, »wäre es am besten, wenn Ihr zurückkehrt, solange es noch sicher ist.«

»Dann glaubst du also, es ist noch sicher?«, sagte Terenz.

Francis nickte. »Ich kenne die Zeichen. Verzeiht mir, aber ich nehme an, dass Ihr nicht oft in dieser Gegend unterwegs seid. Der Sturm wird gewiss in Euren Ohren brausen, bevor die Sonne untergeht, *vai Dom*.«

Terenz schaute unsicher drein und sah mit einem ängstlichen Stirnrunzeln zum Himmel hinauf. »Es könnte durchaus sein«, sagte er nach einem prüfenden Blick. »Der Himmel ist wie eine Dirne, die nicht weiß, was sie will. Wir sollten heute lieber nicht weitersuchen.«

Julian verschränkte die Arme vor der Brust und lehnte sich an einen hohen Felsen. »Na schön«, sagte er schleppend. »Geh schon voraus, Terenz. Schleich dich ins Lager zurück und geselle dich zu den anderen Feiglingen, wenn dir der Sinn danach ist. Ich bin es leid, ständig davor gewarnt zu werden, dass uns möglicherweise ein paar Regentropfen den Weg erschweren. Verdammt noch mal, Mann, dieses Katzenvieh ist ganz in der Nähe. Ich kann es – wie Kraigan sagen würde – fast riechen!«

»Ich bitte Euch, *vai Dom* ...«, sagte Terenz.

»Ich habe in den letzten Tagen so viele Beschwerden über das Wetter gehört, dass es für ein ganzes Leben reicht«, fuhr Julian fort. »Ich habe geglaubt, dass wenigstens du zu mir stehst, Terenz. Ich dachte, du verstehst mich. Oder was sollte das ganze Gerede über deine Schwester? War es nur hohles Geschwätz?«

»Ich verstehe Euch wirklich«, erwiderte Terenz. »Meine Worte waren nicht nur hohles Geschwätz.« Er ging eine Weile auf und ab, als wolle er sich daran hindern, vor lauter Frust in Tränen auszubrechen. Dann erhellte sich seine Miene. Er deutete an dem Hausierer vorbei – auf die Höhle.

»Wir könnten eine Weile dort Obdach finden und uns wenigstens etwas aufwärmen, bevor wir weiterziehen. So verlieren wir weniger Zeit. Das heißt, wenn Meister Francis nichts dagegen hat, sein Quartier mit uns zu teilen.«

»Nein«, sagte Julian.

»*Dom* Julian, wenn Ihr schon kein Mitleid mit Euch selbst habt, so habt es wenigstens mit mir. Ihr seht selbst aus, als würdet Ihr jeden Moment umfallen. Wenn wir in den Sturm hineingeraten, werden wir nur den Tod finden!«

Julian lächelte ihn an. Der Hausierer räusperte sich.

»Ihr glaubt wahrscheinlich, dass ich meine Manieren vergessen habe. Aber die Höhle ist sehr feucht und unbehaglich. Sie ist höchstens etwas für das niedere Volk wie mich.«

»Und Katzenhexer«, murmelte Julian vor sich hin.

»Natürlich seid Ihr willkommen, alle beide, sehr willkommen. Aber ... Ich hätte es vielleicht vorher erwähnen sollen ... Bei mir ist ein junger Bursche, und er ist ziemlich krank. Zuerst dachte ich, der Bandit hätte ihn verletzt, aber er war nur zu stolz, es mir zu sagen. Er hat sich ein eigenartiges Fieber eingefangen. Könnte ansteckend sein. Er hat überall Ausschlag.« Der Hausierer kratzte sich erneut heftig an seinem rechten Arm.

»Wir gehen das Risiko ein, Francis«, sagte Terenz. »Vielleicht können wir dem armen Burschen helfen.« Er setzte sich in Richtung Höhleneingang in Bewegung.

»Ich hab schon für den kleinen Jamie und mich kaum genug«, erwiderte der Hausierer. Julian fragte sich, warum der Mann so blass geworden war. »Dort, wo Ihr herkommt, ist es bestimmt viel bequemer.«

»Aber es liegt einen halben Tagesritt von hier entfernt. Falls die anderen Burschen überhaupt noch auf uns warten ... Und ich bin ebenso wenig wie *Dom* Julian geneigt, sie bald wiederzusehen. Wir würden gern mit dir teilen, was wir bei uns haben.« Terenz machte den Versuch, sich an dem Hausierer vorbeizudrücken, der ihm, ziemlich betrunken, wie es schien, genau in den Weg trat.

»Wirklich? Wie liebenswürdig! Offen gesagt ... Ich bin halb verhungert. Der arme Francis wäre dankbar, unendlich dankbar ...«

»Ich wäre dankbar, Mann, wenn du zur Seite gehen würdest, damit wir aus dieser mörderischen Kälte herauskommen!«

Sie stritten nur wenige Schritte vom Höhleneingang entfernt. Dann kicherte der Hausierer und verbeugte sich. »Aber der *vai Dom* sollte doch als Erster eintreten, nicht wahr? Manieren, Bursche, Manieren!« Er drohte dem erstaunten Terenz mit dem Finger.

Julian lachte laut, um den vagen Verdacht zu verbergen, den er allmählich hegte. Er gesellte sich zu Terenz, der ihn ansah, als wäre er unendlich erleichtert.

»*Dom* Julian, dieser unhöfliche Narr ...«

»Korrigiere dich bitte, Terenz: der verlogene Narr«, sagte Julian kaum hörbar.

Doch nun trat der Hausierer zur Seite und ließ beide Männer mit einem außergewöhnlich herzlichen Lächeln passieren. »Achtet auf Euren Kopf, der Eingang ist niedrig und schmal«, sagte er. »Nun denn, tretet ein, meine Herren.«

Sagte die Spinne zur Fliege, dachte Julian. Er riss Terenz am Arm zurück.

»Bitte, *Dom* Julian«, sagte Terenz. Dann biss er sich auf die Zunge, denn er spürte den Stiefel des Gardisten auf seinem rechten Fuß.

»Danke für dein großzügiges Angebot«, sagte Julian in einem Tonfall zu dem Hausierer, als hätte man ihn gebeten, eine Königskammer in Elhalyn zu betreten. »Aber wir können es uns nicht leisten, die Jagd weiter aufzuschieben. Besonders deswegen nicht, weil es, wie du selbst sagst, nicht mehr viele Stunden hell sein wird. Viel Glück, Meister Francis. Ich hoffe, dein Junge wird wieder gesund. Komm mit, Terenz.« Er zog seinen Begleiter am Ärmel, und der Bursche bemühte sich, seinen Protest hinunterzuschlucken.

»Ich hätte Euch gern willkommen geheißen«, seufzte der Hausierer. Dann rülpste er wieder. »Aber wenn Ihr gehen müsst, müsst Ihr halt gehen.« Als sie zu ihren Pferden zurückschritten, zwinkerte er ihnen weltmännisch zu. »*Adelandeyo,* edle Herren!«

Nachdem sie den Bach überquert hatten und ein kurzes Stück in den schützenden Wald hineingeritten waren, gab Julian Terenz zu verstehen, er solle wieder absitzen. Da explodierte der junge Mann. »*Dom* Julian, was soll dieser neuerliche Unfug? Ich glaube ...«

»Zum Denken wurdest du nicht angeworben. Du sollst mir folgen und keine Fragen stellen. Hast du mir das heute Morgen nicht versprochen? Oder möchtest du lieber zu deinen Freunden ins Lager zurückkehren?«

»Nein, Herr«, seufzte Terenz und ließ den Kopf hängen. Er war, wie Julian bemerkte, ziemlich verletzt. Es tat ihm wirklich sehr, sehr Leid, Terenz dermaßen angefahren zu haben, aber er wollte es ihm erst erklären, wenn er die Gefahr genau kannte, in der sie schwebten. Wenn es der Katze tatsächlich gelungen war, einen menschlichen Beschützer zu finden, gab es möglicherweise noch andere, die sie nun verfolgten. Durchaus denkbar, dass es in diesem Wald sogar Lauscher und Beobachter gab.

Vielleicht bin ich auch nur verrückt. Vielleicht ist der Hausierer so naiv, wie er gewirkt hat. Aber sein Verhalten war eigenartig, und in der Höhle habe ich etwas Böses gespürt. Den Geruch der Katze? Ich muss sichergehen, bevor wir uns weiter vorwagen, damit wir eine Möglichkeit haben, uns der Bestie und mehreren menschlichen Verbündeten zu stellen. Vielleicht sind es Trockenstädter? Avarra, steh uns bei, um wen könnte es sich nur handeln?

Er lauschte in seinem Inneren nach Alarics Stimme, doch er verspürte nur die gleiche leere Stille, die ihn seit dem frühen Morgen begleitete. Außerdem fühlte er sich sehr einsam. *Nun ja, ich weiß, dass du ohnehin nicht mit mir übereinstimmen würdest.*

»Sollen wir hier lagern?«, fragte Terenz.

»Für eine Weile. Pass auf, ob jemand aus der Höhle kommt. Ich hoffe, dass sie keine Seiteneingänge hat, durch die sie uns entwischen können. Und sei leise! Vielleicht werden wir beobachtet.« Er nahm den Beutel heraus, der seinen Sternenstein enthielt. »Ich werde versuchen, Kontakt mit Kraigan aufzunehmen. Allerdings bin ich kein Telepath für große Entfernungen. Ich weiß nicht mal, ob er eine Botschaft empfangen kann. Aber vielleicht werden wir ihn und seine Hunde brauchen.«

»Was?« Terenz starrte ihn verwundert an.

Julian klopfte auf seinen Arm. »Könnte sein, dass wir gefunden haben, wonach wir suchen.«

»Ist schon in Ordnung, Sherdra. Sie sind weg.«

Coryn tastete sich zurück in die Höhle. Vor Anspannung und Erleichterung waren ihm Tränen in die Augen gestiegen, und er konnte kaum etwas sehen. »Sie sind weg«, wiederholte er angesichts der beiden glühenden Augen, die plötzlich vor ihm in der Finsternis auftauchten. »Sie sind weg.« Er sank auf die Knie und schüttelte sich, als hätte er einen Anfall.

Ich hatte keine Angst. Du solltest auch keine haben. Du solltest stolz sein und deinen Stolz besingen. Wir würden sagen, du hast viel Gyar *errungen.*

Sherdra hatte seine Verteidigungsstellung aufgegeben und kam auf lautlosen Sohlen aus seinem Versteck. *Wie du siehst, habe ich deinen warnenden Ruf gehört. Danke.* Er berührte Coryns rechtes Ohr, dann gab er ihm das Messer zurück.

»Bitte, behalte es«, sagte Coryn. »Ich danke dir auch, weil du sie nicht angegriffen hast.« Er wollte aufstehen, doch seine Knie knickten ein. Sherdra half ihm, bis er auf seinen Decken Platz genommen hatte.

Ich habe abgewartet, was du mit den Jägern machst. Ich bin noch nicht stark genug, um einen Kampf zu riskieren. Du hast mich gelehrt, dass man Menschen nicht so einfach überwinden kann. Doch vielleicht hätten wir sie zwischen uns zerschmettern können. Dessen bin ich mir sicher.

Coryn senkte den Kopf, seine Zähne schlugen aufeinander. »Mir ist so kalt. Dieser Gardist! Ich glaube, er ist verrückt – reif zum Anketten, wie du sagen würdest. Wie er mich angeschaut hat! Ich weiß, dass er die Wahrheit ahnt.«

»Wenn er verrückt ist, kann er nicht sehr gut sehen.«

»Du hast vielleicht Recht. Aber die Geschichte, die ich ihm

erzählt habe, würde nicht mal einen gebürtigen Idioten narren. Den großen Tollpatsch vielleicht, aber keinen Telepathen ... Ich glaube, sie werden zurückkommen. Mit den Hunden.« Coryn wiegte sich vor und zurück und verbarg sein Gesicht in den Händen. »Es war blöd von mir zu glauben, ein solch alberner Versuch könnte ihn in die Irre führen.«

Ich hätte mich auf die beiden gestürzt, wenn sie in die Höhle gekommen wären. Ich habe nur auf ein Wort von dir gewartet.

»Ich wollte niemanden sterben sehen«, sagte Coryn leise.

»Und jetzt?« Sherdra kroch zum Höhleneingang und blickte hinaus. Sein Stummelschwanz zuckte. Er stieß ein leises Zischen aus. »Keine Beobachter in Sicht. Aber das muss nichts besagen. Du solltest mir lieber mein Krallenschwert und die Duellpeitschen zurückgeben. Ich konnte sie nicht finden, nachdem du mich geweckt hast.«

Der Katzenmann begegnete Coryn auf halbem Wege, als dieser mit den Waffen zu seinem Schlafsack zurückkehrte.

»Ich nehme sie. Du setzt dich hin und ruhst dich aus.« *Oder müssen wir uns wieder eine Nacht lang darüber streiten?*

»Wir müssen hier raus, Sherdra. Und zwar sofort. Sie kommen vielleicht zurück.«

»Was, bei dem Wetter?« Möglicherweise lächelte Sherdra sogar.

Dann hast du also alles gehört, was wir gesprochen haben.

Einiges. Meine Sippe ist nicht gerade mit Taubheit geschlagen.

»Es ist gut, dass du gehst«, bemerkte Sherdra, als Coryn anfing, sein Hab und Gut zusammenzupacken. »Sie bringen dich vielleicht wirklich um, wenn sie erfahren, dass du mir geholfen hast.«

Coryn schleuderte sein Gepäck auf den Boden. »Hör zu,

Mann, du glaubst doch nicht, dass ich vorhabe, dich in dieser Rattenfalle zurückzulassen? Wenn du nichts dagegen hast, eine Weile mit mir unterwegs zu sein ... Ich kenne einen Ort in den Bergen, an dem sie uns nie finden werden. Das schwöre ich dir.«

»Sherdra weiß, wie man sich in Höhlen verteidigt.«

»Das ist mir klar, aber ...«

»Ich schulde dir etwas, das ich nicht zurückzahlen kann. Du sollst dein Leben nicht weiter riskieren.«

»Sherdra! Ich habe nicht so viel Zeit und Kraft in dich investiert, damit alles umsonst war!«

»Warum hast du mir geholfen, nachdem ich dich töten wollte? Das hast du mir nicht gezeigt.«

»Warum? Ganz einfach ...« Coryn stellte Sherdra auf mentale Weise das Bild des Grauens dar, das er einst in den Wäldern des Südens gesehen hatte: einen von einer Hundemeute gestellten Gesetzlosen. Er spürte, dass der Katzenmann zusammenzuckte. *Er hatte angeblich ein Kind ermordet, und doch war mir noch Tage später speiübel. Da ich annahm, es würde dir ebenso ergehen, war ich gezwungen, es zu verhindern.* »Es geht sogar noch um mehr«, sagte er dann und schluckte. »Aber jetzt müssen wir mit dem Reden aufhören und uns in Bewegung setzen, wie der Gatte meiner Mutter stets gesagt hat.«

Dann geh. Tu, was du um deiner selbst willen für notwendig hältst.

»Aber, Sherdra ...«

Ich kann nicht schnell oder weit laufen. Wenn die Jäger mit ihren Hunden uns im Freien wittern, reißen sie dich wahrscheinlich mit mir zusammen in den Abgrund. Ich sage es noch einmal, ich will nicht, dass du ein solches Risiko eingehst. Außerdem bin ich es leid, immer auf der Flucht zu sein.

Danach verfiel Sherdra in Schweigen und hockte sich hin. Sein Blick war so verschwommen und entrückt wie damals bei der gefangenen Baumkatze, die Coryn in Serrais gesehen hatte. Einer seiner kopfblinden Vettern hatte sie zu seinem Vergnügen in einem Käfig gehalten. Das schlechte Gewissen, weil er keinen Versuch gemacht hatte, das arme Tier zu befreien oder von seinem Elend zu erlösen, war er sein Leben lang nicht losgeworden.

Coryn versuchte es mit einigen anderen Argumenten. Er bettelte, er redete auf Sherdra ein und setzte schließlich sogar die ausgefeilte Taktik der in Nevarsin erlernten Logik ein, doch Sherdra ließ sich nicht erweichen.

»Na schön.« Coryn stand auf und schob sein Gepäck hinter Picaro. »Ich bleibe noch einen Tag bei dir, um über deinen Schlaf zu wachen.« Sherdra signalisierte ein *Nein*, doch Coryn fuhr grimmig fort: »Ich kann nicht anders. Frag mich nicht, warum. Ich kenne mich selbst kaum.«

»Du bist genauso müde und solltest schlafen, während ich wache.«

»Ich habe in Nevarsin gelernt, wie man dem Schlaf viele Stunden – ich meine eine lange Zeit – widersteht.«

»Ich stehe immer tiefer in deiner Schuld, und muss mir überlegen, wie ich dich entschädige.«

»Ich brauche keine Entschädigung.«

»Aber es ist eine Schuld. Wenn ich dich ausnutze, verliere ich in meinen eigenen Augen *Gyar*.«

»In deinem Zustand kannst du keine Schulden bezahlen. Nimm meinen Rat jetzt an und leg dich hin.«

Sherdra streckte seinen langen, katzenhaften Leib auf dem Höhlenboden aus. *Allmählich wird es mir zur Gewohnheit, dir zu gehorchen,* teilte er Coryn mit.

Wenn es stimmt, erstaunst du mich. Lernst du endlich, was Klugheit ist? Coryn hoffte, dass Sherdra die Zuneigung spürte, die seinen Gedanken vorausging, doch der Katzenmann war schon eingeschlafen.

Kraigan stolperte mit seinen Hunden gerade einen niedrigen Gebirgshang hinab, als die Botschaft durch seinem Kopf zuckte. Er riss so jäh an den Zügeln seines Pferdes, dass es beinahe gestürzt wäre. Normalerweise war er vorsichtiger, aber andererseits an Dinge dieser Art nicht gewöhnt.

Eine kalte Stimme ertönte in seinem Kopf und sagte ihm, dass *Dom* Julian die Angelegenheit überdacht hatte und ihn nun brauchte.

Der Gardist wirkte erfreut, als er erfuhr, dass Kraigan ihm und Terenz inzwischen doch gefolgt war. Er bat auch nicht um eine Erklärung, warum der Mann seinen eigenen Entschluss, die Verfolgung abzubrechen, geändert hatte, auch wenn unter diesen Umständen nur ein Irrer nicht nachdenklich geworden wäre.

Seit Carlo ihn an diesem Morgen geweckt und ihm mitgeteilt hatte, dass die beiden Narren weg waren, redete Kraigan sich ein, die Sorge um seinen Neffen zwinge ihn dazu, sich auf die Suche nach den sturen Jägern zu machen. Doch kannte er seine genauen Motive selbst nicht. Er war am Ende wirklich zu dem Schluss gelangt, dass dieses Unterfangen hoffnungslos war. Auch die Hunde nahmen keine Witterung auf. Er war schon auf dem Rückweg zum Lager gewesen, als Julians Ruf ihn erreichte. *Äußerst eigenartig ...*

Vai Dom ...

Hör zu, alter Wolf. (Er sah im Geiste eine Hand, die ihn drängend rüttelte, als sei er ein sorglos schlafender Narr.) Kraigan schluckte, zügelte seine inneren Vorbehalte und bemühte sich, für das, was Julian ihm übermittelte, offen zu bleiben.

Er verfolgte, was der Gardist entdeckt hatte, nahm seine

Vermutungen zur Kenntnis und erblickte auch den Ort, an dem sie sich treffen sollten. *Komm schnell, aber leise, sehr leise. Achte darauf, dass deine Tiere nicht plötzlich Laut geben, wenn sie irgendetwas wittern. Wenn wir Erfolg haben, können sie sich den Bauch mit Fleisch voll schlagen. Mehr sage ich nicht. Ich kann die ... Ich wage nicht, die Verbindung länger aufrecht-zuerhalten. Ja, Terenz geht es gut. Ich sage ihm, dass du ...*

Er ist wirklich verrückt, dachte Kraigan, als die schwierige Verbindung abbrach. *Aber wenn in seinen Worten auch nur ein Körnchen Wahrheit steckt, scheint er die Zeichen richtig interpretiert zu haben. Vielleicht gehört er zu denen, die vorübergehend geistig gesunden, wenn der Wind aus der richtigen Richtung weht.*

Jedenfalls wusste er nicht, wieso er Julian nicht gehorchen sollte. Wenn alles so ausging, wie er annahm, würde die Jagd erfolgreich enden. Seine Laune besserte sich. Bisher hatte er noch nie versagt, wenn er dem *vai Dom* half, eine ihm gesetzlich zustehende Beute aufzustöbern. Er hatte auch nicht die Absicht, bei einer Hetzjagd zu versagen, ob im Guten oder im Bösen. Er gestand sich ein, dass es ihn jedes Mal wie seine Hunde freute, wenn er einen Katzenmenschen zur Strecke brachte.

Wäre er ein unbesonnener Rüpel gewesen, hätte er in sein Silberhorn geblasen, als er seinem Pferd die Sporen gab und den Weg erneut hinunterjagte. Stattdessen stieg ein Jagdlied in seiner Kehle auf. Die schwarzen Hunde eilten lautlos neben ihm her, und ihre Augen glänzten in freudiger Erwartung, die vielleicht nur Wölfe empfinden können.

Coryn hatte seine Widerstandskraft überschätzt, die Müdigkeit war zu seinem erbittertsten Feind geworden. Er nickte ein, doch irgendjemand musste wachen, falls der Gardist ... der Gardist ...

Man brachte ihn in einem Käfig nach Serrais, und er spuckte seine Häscher an und wollte sie mit seinen Krallen ... *Krallen?* Die Szene wechselte. Er stritt sich mit seinem Vater. Mit welchem Vater? Sein Gesicht veränderte sich fortwährend. Plötzlich sah er sich als jemanden, der ein Klauenschwert in einen geschwärzten Körper bohrte. Die Leiche wurde vor seinen Augen lebendig und verwandelte sich in Sherdra, der das Schwert in seine Richtung zurückschlug und in einer Sprache, die kein Mensch verstehen konnte, »Das ist für Myor!«, schrie. Dann spürte Coryn, dass er in eine endlose Tiefe fiel, und er erwachte, als ein gellender Schrei in seinen Ohren hallte. Es war nicht seine Stimme.

Er ging zu dem schlafenden Sherdra hinüber, der sich winselnd am Boden krümmte. Der Schrei wurde zu einem Heulen und erstarb wieder. Das Grauen, das den Katzenmann quälte, musste sich irgendwie mit seinen eigenen Ängsten vermischt haben. Es durfte nicht so weitergehen. Er rüttelte Sherdra sanft wach. Das Tier klammerte sich an ihn und klagte weiter.

Es war noch gar nicht lange her, da war Sherdra ihm viel stärker erschienen. Nachdem er sich erholt hatte, hatte er – auf seine Art – sogar Witze gemacht und die angebotene Hilfe zurückgewiesen. Nun begriff Coryn, dass er die tiefste und subtilste Verletzung Sherdras noch gar nicht kannte – die Ursache eines vernichtenden Giftes für Körper und Geist.

Hast du geträumt?, fragte er.

Mord. Myor. Ashyr. Die Comyn jagen uns bis zum letzten Mann. Keine Hoffnung. Keine Zukunft. Nur Blut.

Coryn wiegte Sherdra in seinen Armen und versuchte, die Wand aus Verzweiflung zu durchbrechen. Ein Teil seines eigenen Geistes wiederholte in zunehmender Panik: *Lauf weg, versteck dich!* Nein, nein. Er spürte mehr in Sherdra als diese Angst, denn nun vernahmen seine Ohren einen fernen, tierischen Laut, der an einen Wolf erinnerte. Vor seinem geistigen

Auge tauchte die finstere Vision dreier Männer auf, die sich nicht weit von ihnen entfernt im Wald trafen. Sie wechselten nur wenige Worte und erwartungsvolle Blicke, dann ritten sie rasch der Höhle entgegen. Mit einer Willenskraft, von der Coryn nicht gewusst hatte, dass er sie besaß, verheimlichte er Sherdra sein Wissen. Er musste zwar mit dieser Gefahr fertig werden, doch im gleichen Augenblick musste er auch dieses hilflose Kind trösten, das ihm in seinem jetzigen Zustand niemals beistehen konnte.

Kind? Nein. Die Katze war kein verängstigtes Kind, sondern ein erwachsenes Wesen, das Schmerz empfand und erfüllt war von den Qualen einer wirklichen Tragödie, die hinter ihm und vor ihm lag. Wie konnte jemand ihm Hoffnungen machen, wenn alle Hoffnung längst begraben war? Doch ohne sie würde Sherdra sich niemals aufrichten, um neben Coryn zu stehen, wenn es darum ging, den Jägern die Stirn zu bieten. Ohne sie würde er sich auch nie von seinen Verletzungen erholen. Coryn hatte die Wunden mit seinen geistigen Kräften untersucht. Sie konnten zwar heilen, doch nur dann, wenn der Patient es ebenso wollte wie der Heiler. Er konnte nicht gegen Sherdra ankämpfen und allen Widrigkeiten zum Trotz auf den Überlebenswillen des Katzenmannes setzen. Er musste ihn dazu bringen, dass er einsah ...

Sie kommen? Sherdras Krallen bohrten sich in Coryns Arm. Seine trüben Augen wurden plötzlich klar und funkelten wie flüssiges Gold. Coryn erhaschte im Geist des Katzenmannes einen Blick auf die Verheerung, die er über die Jäger und ihre Wölfe bringen würde, bevor sie ihn zu Boden rissen. Das *Seelenauge* fungierte als Anmachholz. Coryn keuchte angesichts seiner brennenden Hände. Beinahe hätte er Sherdra fallen lassen.

Vater, vergib mir. Für ihn gibt es in deinem sanftmütigen Glaubensbekenntnis keine Hilfe.

War dies die Lösung? Dass er Sherdra an seine Ursprünge erinnerte, indem er den Krieger in ihm weckte? Coryns *Cristoforo*-Ich revoltierte dagegen, aber ein Teil seines Ichs frohlockte über die Gewalt gegen die verhassten Comyn. Das Ich hasste seine Väter; seine gesamt Art. Wenn er den Krieger in Sherdra weckte, brachte er auch das Ungeheuer in sich selbst zu Tage. War er dann etwa besser als die Comyn, die er verachtete? Er wollte auf sein Innerstes hören, auf die Stimmen der frommen Brüder. Ja ... Es war eigentlich ganz einfach. Wenn man jemanden rühren kann ... Er hatte den Schlüssel schon einmal gesehen. Die Verständigung von Geist zu Geist ruft allgemein Verständnis hervor, aber er war kein Alton und konnte keine telepathische Verbindung erzwingen. Ihm wurde klar, dass dies gar nicht nötig war.

Wieder erklang das Bellen der Hunde. Näher. In diesem Moment jagten sie vielleicht schon den Hügel vor der Höhle hinauf.

Sherdra versetzte Coryn einen heftigen Stoß. *O Falke, stürze dich mit mir auf diese Köter.*

Coryn griff nach seinem Schwert. Dann widmete er sich wieder seinem Vorhaben und griff mit seinem Geist hinaus in die Ferne. Er begegnete einer anderen, geringeren Kraft, die jedoch ein Ziel verfolgte. *Der Comyn-Gardist muss verrückt sein*, dachte er, *wenn er seinen Jagdruf so ungeschützt ausstrahlt.* Und doch hing Sherdras Rettung gerade von diesem Wahnsinn ab.

Komm näher. Stöbere mich auf, Späher.

Das struppige Gesicht eines knurrenden Jagdhundes musterte ihn vom Höhleneingang her. Sherdra erwiderte das Knurren. Es gelang Coryn gerade noch, ihn zu packen. Er musste wirklich rasch handeln.

Nun, da die Falle gestellt ist, lass mich dich hineinziehen, Sherdra, damit du deinen wahren Gegner kennen lernst. Mit

den Hunden können wir leicht fertig werden. Sherdra, komm
mit! Zeig ihm deinen Traum von Angst und Tod.

Der Jäger stürzte sich auf die *Laran*-Präsenz, die seinen eigenen, verächtlich hinausgeschleuderten Gedanken beantwortete, doch das, was er zu sehen bekam, hatte er nicht erwartet.
Seine Erinnerungen an Corresanti und das, was er und die Seinen getan hatten, unterschieden sich sehr stark von dieser ...
abartigen Vision. Was für ein Gemetzel! Und er hatte an diesem Massaker teilgenommen? *Selbst wenn sie Tiere wären –*
würde man so einen tollwütigen Hund behandeln? Julian
schob den Gedanken wütend beiseite. *Dieses Biest hat Alaric*
getötet! Was es auch ist – ob Mensch oder Tier –, der Verlust
war zu groß! Ah, Bredu!

Zwei Katzenwesen, die einen unzerbrechlichen Eid schwo-
ren – jagten, aßen, nebeneinander schliefen – und alle Dinge
miteinander teilten. *Myor, mein Jagdbruder,* sagte der fremde
Geist. Dann kam die finstere Vision ebendieses Wesens, auf
den Knien, geschlagen, allein, während ein Unmensch grausam ein Schwert der Macht in seinen katzenhaften Körper
bohrte, während er brannte, schwarz wurde und zuckend dalag. *Myor ermordet,* sagte der bittere, trübselige Gedanke.

Doch das war längst nicht alles: eine Frau, wütend lebendig, wunderschön wie das Morgengrauen, nach dem man sie
benannt hatte. Eine tanzende Frau, die im Kreise der Wach-
feuer sang, aus Freude über das neue Leben, das in ihr brannte. Eine Frau, ihre Schönheit, ihr Leben, das ebenso vernichtet
war wie die lebendige Hoffnung in ihrem Leib. Sie lag nun für
immer still und ohne Stimme auf dem Boden des tiefen Abgrundes. *Das hast du getan,* sagte der Katzenmann.

Julian Castamir blieb kurz vor der Höhle stehen.

»Worauf wartet Ihr noch?«, knurrte Kraigan ihm zu.

Julian schüttelte verwirrt den Kopf. »Dann haben sie also

auch *Bredin*«, murmelte er. »Und die Frau ... war seine Schwester? Damit wären wir quitt. Nein! Er ist ein Tier! Alaric ...«

»Herr!«, fauchte Kraigan und deutete auf das Innere der Höhle. »Die Hunde haben seine Witterung aufgenommen, kein Zweifel. Dort hinein!«

Julians Kopf wirbelte herum. *Schnappt sie euch*, wollte er sagen. Doch er konnte es nicht. Ihm war, als wäre er zu Stein erstarrt. In seinem Inneren flüsterte Alaric: *Ohne Scherz, diesmal. Es ist Zeit, dass du mich loslässt, Julian. Doch die blutige Tat, die du planst, kettet uns womöglich für ewig aneinander. Da ist etwas anderes, es ruft mich hinaus. Es fällt mir schwer, dich zu verlassen, aber ich muss es tun. Verstehst du denn nicht,* Bredu? *In dem, was er mir angetan hat, lag keine echte Bosheit. Ich war ihm nur im Weg, als er uns entkommen wollte. Ich kann ihn nicht mehr hassen. Denn nun verstehe ich ... Ach, wie sehr ich mir wünsche, ich könnte dir alles erzählen, was ich verstehe! Hör auf damit. Gib deinen Hass auf, um meinet- und um deinetwillen. Bitte, Julian ...*

Julian würde nie erfahren, ob Alaric wirklich von einer Stelle kurz hinter der Grenze des Totenlandes zu ihm gesprochen hatte oder ob die Stimme seines *Bredu* nur in seinem durcheinander geratenen Geist entstanden war. Doch dann war ihm mit einem Mal klar, was es bedeutete, Alaric gänzlich zu verlieren. Ihm ging allmählich auf, dass Kraigan sich voller Abscheu von ihm abwendete, und er hörte den Fährtensucher wie aus großer Entfernung rufen: »He, ihr da drin! Ihr könnt ebenso gut rauskommen und euch wie Männer stellen!«

»Kraigan!« Julian schob sich an Terenz vorbei und rannte hinter dem Fährtensucher her. Er erwischte ihn am Arm, als er gerade sein Jagdmesser ziehen wollte.

»Ruf die Hunde zurück«, befahl Julian.

»Ich soll die ... *vai Dom!*« Kraigan schnappte zischend nach

Luft. »Ich habe schon damit gerechnet.« Er schüttelte Julian ab und pfiff nach dem Hund, der ihnen am nächsten war. Das Tier kam sofort herbeigelaufen und stellte sich zwischen sie. »Doch nach allem, was wir durchgemacht haben: Nein.«

Julian versuchte, ihn auf telepathischem Wege zu erreichen. Er ertastete etwas, das eher tierischer als menschlicher Natur war, und wich einen Schritt zurück. Kraigan grinste mit gebleckten Zähnen.

»Bleibt einfach hier. Ich und meine Hunde kümmern uns um sie. Wenn die Katze herauskommt, wird Euer verdrehter Geist es sich schnell noch einmal überlegen. Terenz ...«

Er sah seinen Neffen an, um ihn zum Gehorsam zu verpflichten. Im gleichen Moment krachte der schwere Griff von Julians Dolch mit voller Wucht auf Kraigans Schädel, er wankte und fiel um.

Terenz eilte herbei. Julian ging davon aus, dass er sich auch mit dem hünenhaften Bergbewohner würde schlagen müssen. Doch der junge Mann riss nur den großen Hund zur Seite, der Julian ansprang und nach dessen Kehle schnappte. Er rutschte auf allen vieren den steilen, felsigen Abhang hinab. Terenz half Julian, die restlichen wütenden und verwirrten Hunde abzuwehren und zu bändigen, die nun den besinnungslosen Körper ihres Herrn umringten. Vielleicht hatte Kraigan sie zu streng kontrolliert. Nun, da seine Präsenz ihren Geist nicht mehr dominierte, ließen sie sich von Terenz mit ein paar groben Worten und Tritten schnell bezwingen.

»Mir fehlt zwar Kraigans Fähigkeit, sie im Zaum zu halten«, sagte Terenz, »aber für eine Weile werden sie mir gehorchen.«

Julian beugte sich über den Bewusstlosen, untersuchte seine Wunde und stellte erleichtert fest, dass sie nicht gravierend war. »Hilf mir, ihn den Hügel runterzutragen – vorsichtig, Mann, vorsichtig! Wir bringen ihn über den Bach. Kümmere dich nicht um die Pferde. Sie werden uns schon folgen. Wenn er aufwacht, sind unsere ... Freunde ... in der Höhle vielleicht schon ausgeflogen, oder er sieht seine Unvernunft wenigstens ein.«

»Warum?«, fragte Terenz, als er Julian half. »Warum habt Ihr das getan? Ich bin anders als mein Onkel, dennoch könnte ich ihm nie trotzen, so wie Ihr. Aber Ihr habt ihn verletzt. Schaut Euch die Blutflecke auf seiner Kleidung an. Und alles ... war völlig umsonst.«

Julian warf einen Blick über die Schulter, um sich zu versichern, dass die Hunde ihnen folgten. Er bildete sich ein, im Höhleneingang ein Wesen mit grauem Pelz hocken zu sehen, das ihn aus extrem hellen Augen beobachtete. Dann fiel sein Blick wieder auf das harte Gesicht eines Mannes, der sein Freund hätte werden können.

»Pass auf, wo du hintrittst«, murmelte er vor sich hin. Der Fährtensucher war schwerer als erwartet und der Boden uneben.

»Warum, *vai Dom*?«, beharrte Terenz stur.

»Ich hab mein Herz an ihn verloren, Mann. Das ist alles.«

»Dann müsst Ihr verhext sein, Herr. Das Katzenvieh ist eine mordende Bestie.«

Julian fielen einige Dinge ein, die er in Corresanti gesehen und getan hatte. »Wenn du nach mordenden Bestien suchst, Terenz, brauchst du nicht in die Ferne zu schweifen.«

Dann herrschte Schweigen zwischen ihnen; eine Stille, von der Julian wusste, dass sie sich noch vertiefen würde, wenn sie diesen Ort endlich verließen und in die Heimat zurückkehrten. Sie würden die kommende Nacht im Wald verbringen, ohne dass der eine mit dem anderen sprach. Jeder von ihnen würde sich um Kraigans Gesundheit und Wohlergehen kümmern. Morgen früh, wurde Julian klar, musste er sich dem Fährtenleser gar erneut stellen. Bis dahin hatten sich der Katzenmann und sein menschlicher Verbündeter hoffentlich von ihrer Intuition leiten lassen und sich aus der Gefahrenzone entfernt. Natürlich würde er zumindest die bissigen Kommentare des Fährtensuchers über sich ergehen lassen müssen, wenn er erfuhr, dass die Jagd fehlgeschlagen und seine Beute längst geflohen war. Es war ihm mehr oder weniger egal. Er hatte sich von Alaric verabschiedet und sie anschließend alle freigelassen: den Katzenmann, seinen *Bredu,* sich selbst. Daneben spielte nichts mehr eine Rolle.

Wie von Geisterhand fiel der Schnee, als die Männer einen guten Lagerplatz erreichten und ihre lebendige Last auf dem Boden ablegten. Die Flocken streiften Julians Gesicht und streichelten dabei seine Wangen wie kalte Tränen. *Ich bin einfach zu sentimental,* verspottete er sich.

»Ich kann nicht glauben, dass es wirklich passiert ist.«

Coryn hatte sich zu Sherdra an den Höhleneingang gesellt und verfolgte den Rückzug der Jäger. Die Hunde schlichen müde *(vielleicht auch besorgt?,* dachte er) hinter ihnen her.

»Sie haben den alten Jäger ... den zweibeinigen Wolf übel behandelt«, erwiderte Sherdra. »Die anderen, ha!, sind eigentlich doch nur zahme Hunde. Aber *ihn* niederzuschlagen, nachdem er sein Opfer in die Enge getrieben hat, kann ich nicht verstehen.«

»Wir haben es dem Gardisten verständlich gemacht.«

»Ihm? Sie hätten ihn festnehmen, in Ketten legen und zu seiner Mutter nach Hause tragen sollen, damit er geheilt wird. Hat er wirklich ... Wie sagt ihr? Hat er den Verstand verloren?«

Nein, er hat ihn gefunden ... als er deinen finsteren Traum gesehen hat. Als du dich ihm mitgeteilt hast, Sherdra. Tu doch nicht so, als wüsstest du nicht, was ich meine. Wir kennen uns doch inzwischen besser. Vielleicht ... gibt es noch Hoffnung für uns alle ... Die Hoffnung, dass euer und unser Volk eines Tages lernen, auch mal einen Blick unter die Oberfläche zu werfen ...

wir alle ... und erkennen, dass wir uns gar nicht so sehr von-
einander unterscheiden.

Coryn war derart erschöpft, dass er Sherdra seine Idee kaum übermitteln konnte. Also versuchte er es mit Worten.

»Nein«, erwiderte der Katzenmann in einem Tonfall, in dem man eher zu einem Kind spricht. »Es ist zu viel passiert. Zu viele Schmerzen auf beiden Seiten.«

»Nur weil man sich Freundschaft gelobt, kann man zwar noch keinen Fluss aus Blut überwinden«, sagte Coryn, »aber wir haben begonnen, eine Brücke zu bauen. Vielleicht wird dieser kleine Anfang irgendwann ...« Er gähnte, dann wankte er. Sherdra streckte eine Hand aus und hielt ihn im Gleichgewicht, doch auch seine Knie gaben nach. Sie griffen nacheinander, um sich gegenseitig zu stützen, und krochen zu Coryns zerwühltem Lager zurück. Die beiden schliefen sofort ein – mehr oder weniger in den Armen des jeweils anderen.

Ein ziemlich heller und frischer Morgen dämmerte herauf, als Sherdra die Höhle verließ. Weder sah er etwas von den Jägern noch witterte er sie. Wieder zurück, fand er Coryn vor einem frisch entfachten Feuer vor. Der Mensch schirmte sich nun wieder komplett ab, und Sherdra hatte den Eindruck, dass er besorgt wirkte.

»Vielleicht können wir jetzt sicher von hier verschwinden«, sagte er. »Es ist gut, wenn man wieder in die weite Welt hinausziehen und ihre Süße ohne Furcht kosten kann.«

»Ja«, erwiderte Coryn. »Erinnere mich bitte daran, dass ich mir beim nächsten Mal einen sicheren Unterschlupf suche. Nicht, dass die Gesellschaft nicht interessant war. Ich kann nur die ewige Kälte nicht ausstehen – und das Eingeschlossensein.«

»Für mich war die Höhle gut genug.«

Coryn zuckte die Achseln. Er fing an, seine Sachen zu verstauen. Schließlich packte er sie wieder aus, als sei er mit seiner Methode unzufrieden. Sherdra bat ihn, ihm seine Waren zu zeigen, da er bisher keine Gelegenheit gehabt hatte, sie anzusehen.

»Nimm, was dir gefällt«, sagte Coryn. »Du brauchst nicht zu bezahlen. Ich muss mit leichtem Gepäck reisen. Es ist unwahrscheinlich, dass ich in nächster Zukunft eine bessere Unterkunft finde.«

»Gerade hast du noch gesagt, du übernachtest nicht gern in Höhlen.«

»Ich kann doch nicht wie du zum Höhlenbewohner werden.« Der Mensch lachte, dann wurde er wieder ernst. »Ich wollte eigentlich nach Vandemyr, wo es eine billige und komfortable Herberge gibt, und eine Frau, die mich bestimmt willkommen heißt. Aber ich bezweifle, dass ich das Risiko eingehen kann, mich jetzt schon dort sehen zu lassen. Den Gardisten treffe ich bestimmt nicht wieder, aber die beiden anderen Burschen ... Jetzt fällt es mir wieder ein, Sherdra ... Ich habe sie schon mal in der Herberge gesehen. Hieß der eine nicht Terenz? Ob er sich an mich erinnert, wenn er mich wiedersieht? Was wird er dann tun? Ach, macht nichts. Es wäre ein unglaublicher Zufall, wenn wir uns je wieder über den Weg laufen würden.«

»Vielleicht solltest du dir doch Gedanken darüber machen. Es wäre nicht klug, an einen Ort zu gehen, wo sich jemand an das erinnert, was ein gewisser Hausierer einmal getan hat. Kannst du denn nirgendwo anders hin?«

»Ach, sicher, wahrscheinlich doch. Es muss nur fern von diesem Landstrich sein. Selbst einfache Hausierer schließen ... Bekanntschaften. Wenn es auch bei mir nicht die Regel ist, dass ich ins Leben anderer Menschen hineinplatze und dann wieder verschwinde.« Ein, zwei Erinnerungen ließen Coryn an eine lange Nacht denken, voller Kämpfe und Mitteilungen. Sie strömten in das Bewusstsein des Katzenmannes, als wären es seine eigenen. Sherdra verstand sie zwar nicht alle, doch er glaubte, einige von Coryns Gespenstern zu erkennen: die Leute, die er auf seiner Reise in diese Gegend zurückgelassen hatte – seine Mutter, Bruder Stefan und ein, zwei andere.

»Ich weiß zwar nicht, wie es mir gelingen soll«, sagte Coryn, »aber wenn ich ein Stück die Straße hinuntergehe, treffe ich bestimmt einige von ihnen wieder. Unerledigte Geschäfte ...« Er brach mit einem verlegenen Husten mitten in dem alten Sprichwort ab.

»Ein guter Weg, dem man folgen sollte. Aber bis du sie gefunden hast ... und es könnte lange dauern ... hat Sherdra einen Vorschlag.«

Coryn schüttelte den Kopf, bevor Sherdra seine Erklärung beendete. »Ich weiß, was du sagen willst. Vielleicht haben wir beide etwas davon, wenn wir ein, zwei Tage zusammen unterwegs sind. Aber eigentlich habe ich keine Zeit dazu, Sherdra.«

»Der simple Wechsel von Tag und Nacht ist offenbar etwas, das euer Volk einer Göttin zuschreibt. Du kannst es mir erklären, wenn ich mehr ... Geduld habe. Und wenn du mehr Zeit hast. Hör jetzt zu, Coryn: Wenn du wieder in die Welt der Menschen zurückkehrst, redet vielleicht niemand mehr über das, was du getan hast. Wer kann sich außerdem vorstellen, dass eine Mieze und ein Nacktling Reisegefährten – oder mehr – sein könnten?«

Er spürte die zurückhaltende, suchende Berührung des anderen in jenem Teil seines Ichs, das er sowohl aus Gewohnheit als auch aus der Notwendigkeit heraus stets verbarg. Er bemühte sich, sie zu ertragen und die Wärme und Ruhe auszustrahlen, von denen er glaubte, dass Coryn sie brauchte.

Wir müssen gar nicht so weit gehen, wie du glaubst. Nicht einmal bis dorthin, wo sich der große Eisfluss mit der Mutter aller Wasser trifft; wo, wie ich hoffe, jemand wartet, der mich willkommen heißt. Ich würde dich nicht in Gefahr bringen. Die Sippenmutter, die ich um ... Schutz? Zuflucht? ... bitten will, war federführend bei den Friedensgesprächen zwischen unserem und eurem Volk. Sie wird darum bitten, dass ich das Seelenauge anders einsetze – nicht zur Vollendung eines Rachefeldzugs. Viele Kinder werden in dieser Jahreszeit vor Hunger weinen.

Er bemerkte, dass sein Gefährte noch immer besorgt war, aber er glaubte auch den Anflug eines Lächelns zu erkennen, ein gewisses Nachgeben. Der Vogel war fast in Reichweite. Er würde ihn vorsichtig aufheben, um ihn nicht zu verletzen.

Nein. Dies war keine Bestie, der man eine Falle stellte, um sie zu zähmen und dann gegen ihren Willen zu benutzen. Dies hier war ein Mensch. *Entsage deiner Beute, Jäger.*

»Auch Sherdra möchte es nicht tun«, meinte er.

»Was möchtest du nicht tun?«, fragte Coryn nach einer Weile.

»Dich aufgeben.«

»Warum nicht, Sherdra?« Der Mensch musterte seine Füße. Sein haarloses Gesicht nahm eine hellere Färbung an.

»Coryn! Was du auch über uns gehört hast, wir sind nicht immer erpicht darauf, allein im Dunkeln herumzuziehen.«

Willst du mich ein Stückchen begleiten, Bruder?

Darkover bei Knaur

Knaur

Ein Darkover-Roman

Die Wiederentdeckung: Das terranische Imperium entdeckt den Planeten Darkover wieder und meldet Rechte auf ihn als ehemalige Kolonie an. Gleichzeitig wächst auf Darkover die Unzufriedenheit mit den althergebrachten Traditionen. Ein Bürgerkrieg scheint unausweichlich, als sich eine der Domänen mit den Terranern verbünden will ...

An den Feuern von Hastur

Das Zauberschwert

Der verbotene Turm

Die Kräfte der Comyn

Sturmwind

Nach den Comyn: Obwohl die Terraner mittlerweile einen festen Raumhafen auf dem Planeten eingerichtet haben, bleibt Darkover vom restlichen Universum abgeschnitten. Der Kampf zwischen Alt und Neu, zwischen Tradition und Aufbruch führt zu immer neuen Kämpfen und Auseinandersetzungen.

Die blutige Sonne

Hasturs Erbe

Retter des Planeten

Sharras Exil

Die Weltenzerstörer

Der Marguerida-Alton-Zyklus: Eigentlich denkt Margaret Alton, sie würde den Planeten ihrer Eltern zum ersten Mal betreten, als sie nach Darkover kommt. Bald schon aber häufen sich die Beweise dafür, dass ihre Erinnerungen manipuliert wurden ...

Asharas Rückkehr

Die Schattenmatrix

Der Sohn des Verräters

Knaur

Ein Darkover-Roman

Anthologien: Die Darkover-Anthologien wurden von Marion Zimmer Bradley gemeinsam mit dem amerikanischen Fanclub, den »Friends of Darkover«, herausgegeben. Die Kurzgeschichten beschäftigen sich mit neuen oder auch bekannten (Neben-)Figuren des Zyklus, schlagen Brücken zwischen den einzelnen Romanen oder vertiefen die große Geschichte des Planeten und seiner Bewohner weiter.

Der Preis des Bewahrers
Schwert des Chaos
Rote Sonne
Die vier Monde
Die freien Amazonen
Die Schwesternschaft des Schwertes
Planet der blutigen Sonne
Die Domänen
Die andere Seite des Spiegels
Die Türme

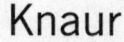

Knaur

Ein Darkover-Roman

Juliette Marillier
Die Tochter der Wälder

Ein epischer Roman in der Tradition von
Die Nebel von Avalon!

Im 9. Jahrhundert nach Christus müssen die keltischen Fürsten ihr Land gegen den Ansturm der Briten verteidigen. Fern der Schlachtfelder wächst die junge Sorcha gemeinsam mit ihren sechs Brüdern auf – doch ihr behütetes Leben findet ein jähes Ende, als ein Fluch die Familie trifft. Allein auf sich gestellt, muss das Mädchen nach einem Gegenzauber suchen und mehr als einmal sein Leben riskieren!

Knaur